David E. Herold

Der Bundschuh im Bistum Speyer vom Jahre 1502

David E. Herold

Der Bundschuh im Bistum Speyer vom Jahre 1502

ISBN/EAN: 9783742846747

Hergestellt in Europa, USA, Kanada, Australien, Japan

Cover: Foto ©Andreas Hilbeck / pixelio.de

Manufactured and distributed by brebook publishing software (www.brebook.com)

David E. Herold

Der Bundschuh im Bistum Speyer vom Jahre 1502

Meinen lieben Eltern

gewidmet.

Der Bundschuh [1] im Bistum Speyer vom Jahre 1502 hat eine eingehendere Behandlung bis jetzt noch nicht erfahren. Allerdings findet sich eine Darstellung dieses Bauernaufstandes bei Zimmermann in der Geschichte des grossen Bauernkrieges [2]); aber derselbe führt die Quellen, aus denen er seine Erzählung schöpft, in sehr bequemer Art und Weise überhaupt nicht an; glaubwürdige und unglaubwürdige Nachrichten finden sich bei ihm nebeneinander, ja manche von ihm mitgeteilte Thatsachen habe ich trotz eifriger [Nachforschung nirgends auffinden können; kurz man kann seine Darstellung als wissenschaftlich fast unbrauchbar ausser Acht lassen.

Eine andere Behandlung dieses Stoffes hatte bereits in den 20er Jahren unseres Jahrhunderts der spätere Erzbischof von Köln Johannes Cardinal von Geissel in seiner Schrift „der Kaiserdom zu Speyer" [3]) gegeben; aber auch er hat sich

---

1) Bundschuh (calceus sotularis) = Bauernschuh, welcher mit Riemen am Fusse festgebunden wurde. Da aber die Bauern solchen Schuh als Zeichen der Empörung in ihren Fahnen führten — zum ersten Male 1493 im Elsass — so wurde das Wort Bundschuh allmählich gleichbedeutend mit Empörung; damit verschwand auch die Bedeutung der ersten Hälfte des Wortes; Bund wurde bald nicht mehr auf das Binden der Riemen, sondern auf das Verbinden durch Verschwörung bezogen. Diese Bedeutung findet sich schon bei Zeitgenossen unseres Bundschuhes, denn z. B. Linturius, Appendix ad fasciculum temporum Werneri Rolewinck pag. 598 führt an: Bundtschuch vel calceus foederis.

2) S. 36 ff.

3) Jetzt erschienen in 2. Auflage, Köln 1876, unter Benutzung der handschriftlichen Quellen des Karlsruher Archivs. Von Karl Theodor Dumont. S. 242 ff.

Kurze Darstellungen finden sich ferner bei Remling, Geschichte der Bischöfe von Speyer. Mainz 1854. II, 203 ff. Von ihm gilt dasselbe, wie von Geissel.

W. Vogt, Die Vorgeschichte des Bauernkrieges, Halle a|S. 1887 S. 118 ff. beruht auf Geissel und Zimmermann.

nicht der Mühe unterzogen, seine Quellen kritisch zu werten, sondern seine Erzählung aus den einzelnen Berichten — freilich in recht geschickter Weise — compiliert. Manche zeitgenössische und spätere Quellen sind auch ihm entgangen, manches urkundliche Material ist erst in neuerer Zeit ediert, so dass eine Neubearbeitung auf kritischer Grundlage immerhin nutzbringend sein kann.

Bevor wir jedoch an die eigentliche Behandlung unseres Stoffes gehen, scheint es mir vorteilhaft zu sein, das vorliegende Quellenmaterial einer genaueren Wertprüfung zu unterziehen und die beglaubigten Thatsachen, gleichsam wie Weizenkörner aus der Spreu zu sammeln.

1. Teil.
Die Quellen.

Dem Historiker, welcher einen Stoff aus der deutschen Geschichte in der Übergangsepoche vom Mittelalter zur Neuzeit behandelt, pflegen meistens drei Gattungen von Quellen vorzuliegen, nämlich zeitgenössische und spätere Aufzeichnungen mannigfacher Art, die verschiedensten Archivalien und Volkslieder.

Die letztere Gattung fehlt nun für die Behandlung unseres Stoffes, und dies ist sehr zu bedauern, da es zur Erkenntnis unseres Gegenstandes wesentlich beitragen würde, wenn auch die Ansichten von zeitgenössischen Dichtern aus dem Volke bekannt wären.

Noch mehr aber ist es zu beklagen, dass auch unter den zeitgenössischen erzählenden Quellen keine vorhanden ist, welche einen Bericht über unseren Bundschuh von dem Standpunkte der Bauern aus giebt. Dieselben stehen vielmehr alle mehr oder minder auf der gegnerischen Seite, wenngleich nicht zu verkennen ist, dass sich einige, freilich nur eine geringe Zahl, bemühen, auch den z. T. gerechtfertigten Beschwerden der Bauern Berücksichtigung angedeihen zu lassen.

Von den Quellen wollen wir zuerst die erzählenden und dann die urkundlichen betrachten, und zwar wollen wir dabei die chronologische Reihenfolge inne halten, doch so, dass wir bei den erzählenden Quellen die Ableitungen einzelner gleich mit den Originalen besprechen.

Von den erzählenden Quellen geben vier eine besonders ausführliche Darstellung unseres Bundschuhes, nämlich Trithem [1]), sein Schüler Nicolaus Baselius [2]) und die beiden Speyerer Schriftsteller Eysongrein [3]) und Simonis.[4]) Trithem, Eysengrein und Simonis sind auch von Geissel mehrfach nebeneinander citiert, und aus ihren Berichten ist die Erzählung bei ihm vorzugsweise compiliert, obgleich sie schon nach der Zeit ihrer Abfassung verschiedene Glaubwürdigkeit verdienen. Trithem nämlich verfasste den zweiten Teil seiner Hirschauer Annalen im Jahre 1514 [5]), Eysengrein schliesst sein Werk mit dem Jahre 1561, im Druck erschien es 1564; es wird also wohl zwischen diesen Jahren entstanden sein; denn ich habe nirgends Spuren davon finden können, dass er etwa bei einem der letzten Jahre gleichzeitig geschrieben hätte. Simonis schliesst mit dem Jahre 1583 und schreibt

---

1) Joannis Trithemii Annalium Hirsaugiensium Tomus II, 589 ff.

2) Auctarium Chronographiae F. Nicolai Baselii Monachi Hirsaugiensis ab anno salutis MDI in annum MDXIIII deductum. Als Anhang zu Memorabilium omnis aetatis et omnium gentium Chronici commentarii a Joanne Nauclero. Tübingen 1516. pag. 305 f.

3) Chronologicarum rerum amplissimae clarissimaeque urbis Spirae, Nemetum Augustae, iam inde ab anno Christi Salvatoris primo ad annum fere MDLXIII gestarum libri XVI. Guilielmo Eysengrein de Nemeto Spirensi autore. Dillingen 1569. pag. 284 ff.

4) Historische Beschreibung aller Bischoffen zu Speyr, so viel deren von Anfang biss auff diese Zeit, auch wess Stammes und Namens sie gewesen u. s. w. Durch den Ehrenvesten Hochgelehrten Herren Philippum Simonis. Freiburg i B. 1608. S. 186 ff.

Über Eysengrein und Simonis vgl. die kurzen biographischen Nachrichten bei Geissel S. XVII f. und bei Remling, Geschichte der Bischöfe zu Speyer I, 9 ff.

5) W. Schneegans, Abt Johannes Trithemius und Kloster Sponheim. Kreuznach 1882. S. 167.

in diesem Jahre.¹) Dass er etwa auch in früheren Jahren gleichzeitig geschrieben, habe ich nicht finden können. Der Bericht des Baselius, welcher bis 1515 schrieb ²) und sein Auctarium zugleich mit der editio princeps des Nauclerus 1516 veröffentlichte, ist für unseren Bundschuh überhaupt noch von niemand benutzt worden.

Dass aber die Nachrichten aller vier für den grössten Teil nur eine Quelle repräsentieren, ist bis jetzt vollkommen übersehen. Als Grundlage für die Erzählung der vier Schriftsteller ist der zeitgenössische Bericht des Trithem anzusehen, welcher, trotzdem Trithem als Abt Gegner der Bauern und mit ausfallenden Worten gegen sie nicht gerade zurückhaltend ist, doch recht glaubwürdig ist und nichts giebt, was mit den urkundlichen und sonstigen guten Nachrichten im Widerspruch stände, wohl aber vieles, was auch durch andere glaubhafte Quellen gestützt wird.³)

Dem Berichte desselben folgt nun Baselius vollständig aber ohne ihn als Quelle zu erwähnen.⁴) Er gebraucht zwar zuweilen andere Ausdrücke, doch nur vereinzelt, so dass ich mich der Ansicht nicht verschliessen kann, dass er den damals allerdings nur handschriftlich vorhandenen Bericht Trithems bei Abfassung seiner Erzählung gradezu vor sich liegen hatte.

Doch gehen wir nun auf die geringen Abweichungen beider etwas genauer ein. Zunächst hat Baselius manches ausgelassen, was sich bei Trithem findet. Es ist dies in

---

1) S. 267 erwähnt er: dieses gegenwärtige Jahr [1583] ist mit einem hitzigen Sommer gar fruchtbar gewesen.
2) Erich Joachim, Johannes Nauclerus und seine Chronik. Gött. Diss. 1874. S. 23.
3) Dass Trithem für die uns vorliegende Partie eine sehr gute Quelle ist und ergiebige Ausbeute für die historische Wissenschaft gewährt, wird auch angeführt von K. E. H. Müller, Quellen, welche der Abt Tritheim im 2. Teile seiner Hirsauer Annalen benutzt hat. Halle a.¦S. 1879. S. 36.
4) Baselius hat die Ann. Hirsaug. seines Lehrers Trithem überhaupt ziemlich stark benutzt. F. X. v. Wegele, Gesch. der deutschen Historiographie. S. 213. Anm.

erster Linie der Fall bei der genauen Beschreibung des Trithem von der Fahne, welche die aufrührerischen Bauern bestellt hatten. Nachdem beide die Erzählung bis zu dieser Stelle ohne bemerkenswerte Abweichungen geführt haben, fährt

Trithem fort:

Vexillum sibi ordinaverant fieri bicoloratum, album videlicet et blavium, in quo imago Crucifixi Salvatoris deberet esse depicta, sicuti Beato Gregorio dicitur apparuisse, ad cuius latus alterum sotular unum in signum Ligae sotulariae formaretur, in altero vero rusticus geniculando staret complosis manibus depictus, super cuius verticem ita scriptum legeretur in vulgari: Nichts dann die Gerechtigkeit Gottes. Hoc est: Nihil quaerimus nisi Justitiam Dei. Sed in sequentibus ex confessione captorum facile ostendemus, quod Justitiam Dei non quaesierunt iniqui, quin potius eam impugnare et exterminare laborabant. Divina etenim providentia disponente consilium impiorum denudatum est.

Baselius dagegen:

Igitur ex insidiis hinc inde latenter prorumpentes, parato vexillo bicolorato in unum convenire satagantes, diem statuunt et locum; ubi convenientes divina disponente providentia consilium eorum infatuatum et denudatum fuit.

Welche Gründe Baselius gehabt hat, grade diese Stelle auszulassen, ist nicht recht zu ersehen. Aber etwas wesentlich Neues bringt er in der Ausfüllung der Lücke durch seine eigenen Zusätze nicht. Denn das von ihm gesagte „in unum convenire satagantes diem statuunt et locum" bringt er nachher in seinem 10. Artikel unter genauer Tagesangabe noch einmal. Sodann hat Baselius den ganzen Schluss der Erzählung Trithems ausgelassen.

Die Artikel der Bauern giebt Baselius in etwas gekürzter Fassung, vor allem lässt er die einleitenden Bemerkungen, welche Trithem bei den einzelnen Artikeln hat, meistens weg z. B.

Trithem: | Baselius:
Articulus primus confessionis eorum: dicebant, se hanc sotulariam societatem ea intentione principaliter incoepisse, ut posteaquam aucti numero.... | I ut aucti numero....

Oder auch andere unwesentliche Kürzungen, z. B. am Schluss des 2. Artikels:

Trithem: | Baselius:
in eum finem, ut Deus eorum proposito ad justitiam prosperum largiretur effectum. | pro obtinenda victoria.

Eine andere Abweichung ist die, dass Baselius die Reihenfolge des 9. und 10. Artikels von Trithem ändert.

Sehen wir nun zu, ob Baselius einige Nachrichten bringt, welche sich bei Trithem nicht finden, so treten uns vorerst einige unbedeutende Zusätze entgegen.

Eine fernere Abweichung ist folgende:

Trithem: | Baselius:
Et sicuti quidam eorum in tormentis confessi sunt. | Et ut duo eorum in tormentis confessi sunt.

Aber dieser Unterschied scheint mir keineswegs eine Kenntnis des Baselius vorauszusetzen, welche Trithem nicht gehabt hätte. In der mir vorliegenden Ausgabe des Trithem steht allerdings S. 589 Zeile 43 .... et plures eorum capti sunt, qui primi coniurationis auctores extiterunt. Exponuntur quaestionibus et arcanum impietatis suae faciunt manifestum.

In der Handschrift, welche Baselius vorlag, scheint anders interpungiert gewesen zu sein, wenigstens scheint dies aus der Fassung des Baselius hervorzugehen, nämlich so: et plures eorum capti sunt. Qui primi coniurationis auctores extiterunt exponuntur quaestionibus et arcanum impietatis suae faciunt manifestum. Damit ist dann auch erklärt, warum Basolius schroibt, ut duo eorum in tormentis confessi sunt, denn sowohl Trithem, als auch Basolius haben gemeinschaftlich: Sumpsit autem haec Liga rusticana .... exordium per duos rusticos. Baselius hat also wohl gedacht, dass diese beiden ersten Urheber ihre Aussagen auf der Folter abgegeben haben, und hat Trithem berichtigen wollen.

Eine allerdings sehr auffällige Abweichung hat Baselius noch. Er spricht nämlich davon, dass die gefangenen Bauern ihre Urgichten in 13 oder 14 Artikel zusammengefasst hätten, führt aber wie Trithem nur 13 an.[1]) Zu ersehen ist also aus allem, dass Basolius als selbständige Quelle fast völlig ausser Acht zu lassen ist.

Eysengrein schreibt blos den Basolius aufs Wort ab und ist daher als authentische Quelle absolut nicht zu berücksichtigen.

Was nun das Verhältnis von Simonis zu den drei genannten Schriftstellern betrifft, so benutzt er ausser dem einen derselben zunächst noch eine weitere Erzählung von einem unbekannten Verfasser, welche nur handschriftlich erhalten ist.[2]) Diese Erzählung ist im November 1541 abgefasst, denn

1) Merkwürdig ist es auch, dass Simonis 14 Artikel anführt, doch kommen wir auf die Entstehung des 14. Artikels bei Simonis noch unten zurück.

2) vgl. darüber Remling, Geschichte I , 10 f. und Mone, Quellensammlung zur badischen Landesgeschichte I, 53.

Durch die Güte der Direction des Grossherzogl. Badischen Generallandesarchivs zu Karlsruhe war es mir gestattet, ein Exemplar der Handschrift (Hdschrft. Nr 400) hier einsehen zu können. In dem mir vorliegenden Exemplare sind am Rande und auch im Text Berichtigungen und Zusätze von anderer Hand eingefügt. Doch scheint dieses Exemplar nicht dasselbe zu sein, welches auch Simonis vorgelegen hat, da viele der Zusätze von dieser zweiten Hand bei Simonis nicht aufgenommen sind, er auch Verbesserungen, welche von der zweiten Hand im Text angebracht sind, nicht berücksichtigt, sondern den ursprünglichen Text wiedergiebt. Unsere Abschrift der ursprünglichen Quelle kann erst nach 1552 angefertigt sein, denn von derselben Hand, welche den ganzen Text geschrieben hat, ist mitten in diesem der 1552 erfolgte Tod des Bischofs Philipp von Flersheim erwähnt und sodann auf S. 148, dass 70 Bischöfe zu Speyer gewesen seien, während Philipp von Flersheim erst der 69. Bischof war.

der Verfasser erwähnt (S. 146), dass der Bischof von Speyer bis auf heut, den 7. Nov. 1541, 14 Reichstage besucht habe, und berichtet sodann auf der letzten Seite seiner Erzählung, dass in diesem Monat November 1541 König Ferdinand auf Befehl Kais. Majestät einen Reichstag auf den 14. Januar 1542 gen Speyer ausgeschrieben habe. Über die Persönlichkeit des Verfassers lässt sich so viel feststellen, dass er sich als einen Anhänger der Bischöfe zeigt[1]) und diese immer, besonders auch gegen die Stadt Speyer verteidigt. Er muss sodann auch dem Bischof Philipp von Flersheim, dem dritten Nachfolger des Bischofs Ludwig, nahe gestanden haben, denn über dessen Leben berichtet er sehr eingehend und auch die mannigfachsten Einzelheiten. Ferner müssen ihm auch die Akten der bischöflichen Kanzlei zur Verfügung gestanden haben, denn er verweist wiederholentlich auf dieselbe [2]); vielleicht war er selbst Beamter derselben. Dass er für die frühere Zeit gleichzeitig schreibt, habe ich nicht nachweisen können, es macht vielmehr die ganze Erzählung den Eindruck, als sei sie in der Zeit vor dem November 1541 in einem Zuge niedergeschrieben, doch so, dass der Verfasser durch die ihm freistehende Benutzung der bischöflichen Kanzlei auch für die frühere Zeit gute Quellen zur Verfügung hatte. Aus den Nachrichten eines der drei oben erwähnten Schriftsteller und aus denen der eben beschriebenen handschriftlichen Quelle ist die Erzählung des Simonis zusammengesetzt.

Zunächst entlehnt er die Einleitung zu seiner Erzählung fast wörtlich aus seiner handschriftlichen Quelle.

Handschriftl. Quelle:	Simonis:
Sonst aber was er gantz eins stillen eingezogenen [dies ist ausgestrichen und von 2. Hand übergeschrieben „und	Vnd ob wol vielberürter Bischoff eines stillen eingezogenen wesens und lebens, ein sorgfältiger Haussbalter,

---

1) Wie sehr er den Bischof Ludwig als guten Fürsten hinstellt lässt sich aus der gleich unten anzuführenden Textprobe ersehen.
2) z. B. S 144 S. 146. S. 152.

erbaren"] läbens vnnd wesens, der gerne einheimisch vnnd ein sorgfältiger Haushalter was, sonderlich hat er diese Tugendt an ym, das er allen müglichen vleiss fürwendet wie er seine armen leuth und hindersassen beschirmen vnnd bey gutem friedem erhalten mocht. Nach trug sich bey seiner Regihrung von seinen selben leuthen vnnd vnnderthanen, vber die vilfältig gnad vnnd gutheit, so yn beschehenn, eine solche ernnstliche erschröckennliche mäuterey, empörung vnnd aufrubr zuw; das solchs billich angezeigt, aufgeschrieben, vnd nimmer mehr vergessen werdenn soll.

vnd gern einheimisch war; Sonderlich auch allen nützlichen fleiss fürwenden thet, damit er seine armen Leuthe vnnd hintersässen, beschirmen vnnd bey gutem friden erhalten mocht; Jedoch trug sich bey seiner Regierung von seinen eignen vnderthanen, vber die vielfeltig gnad vnd guthaten, so jhnen beschehen, ein solche ernstliche vnd erschröckliche Meuterey, Empörung vnnd Auffruhr zu, das solches billich angezeigt, auffgeschrieben vnd nimmer mehr vergessen werden soll.

Der nun folgende Teil der Erzählung des Simonis ist aus einer anderen Quelle entlehnt, und zwar liegt zunächst die Vermutung nahe, dass dies eine lateinische Quelle gewesen ist, da sich noch mehrere lateinische Worte in seiner Erzählung finden, z. B. „durch ire arglistigkeit und persuasiones" oder „am dritten hetten sie jne pro symbolo constituirt." Diese lateinische Quelle kann nur Trithem, Baselius oder Eysengrein gewesen sein, denn Simonis bringt in diesem zunächst folgenden Teile nichts, was sich nicht auch bei diesen dreien fände. Es lässt sich aber auch unschwer nachweisen, dass diese Quelle nur Baselius oder Eysengrein gewesen sein kann; welcher von beiden muss freilich dahin gestellt bleiben. Höchstens könnte man aus dem Umstande, dass sowohl Simonis als Eysengrein Speyerer Schriftsteller sind, eine Benutzung des letzteren vermuten, da sich viele der abweichenden Ausdrücke desselben von Trithem und auch sonstige kleine Unterschiede ebenfalls bei Simonis finden, z. B. führt

Trithem an:	Baselius resp. Eysengrein:	Simonis:
astutia sua in eandem conjurationem traxerunt plures oder im 3. Artikel:	per callidas suas persuasiones	durch jhre arglistigkeit und persuasiones
Dominam nostram Mariam im 6. Artikel:	Deiparam virginem Mariam	Gottesgebärerin Mariam
ministros Ecclesiae humiliare et quantum possent multis peremptis ac fugatis in paucitate degere im 10. Artikel:	ministros Ecclesiae humiliare ac quantum possent eorundem numerum imminuere	die Kirchendiener zu demütigen vnd jre zahl, so viel sie kundten, zu ringern
feria sexta in profesto S. Georgii Martyris convenire	ad diem S. Georgii eiusdem anni venire	auff. S. Georgii Tag desselben Jars zusammen zu kommen.

Sodann fehlen ferner bei Simonis ebenso wie bei Baselius resp. Eysengrein die einleitenden Bemerkungen zu den Artikeln, welche sich bei Trithem finden. Auch darin folgt Simonis dem einen von diesen beiden, dass er ebenfalls die Umstellung des 9. und 10. Artikels, welche diese abweichend von Trithem haben, wiedergiebt.

Freilich folgt Simonis dem Baselius oder Eysengrein nicht wortgetreu. Die 13 Artikel derselben übersetzt er allerdings aufs Wort, jedoch mit einer Abweichung. Den gereimten Spruch, welchen die Bauern als Erkennungszeichen hatten, und den die beiden in ihrem 3. Artikel anführen, giebt er schon in der einleitenden Erzählung, welche auch völlig aus dem Berichte des Baselius oder Eysengrein zusammengesetzt ist.

Eine bedeutendere Abweichung hat er jedoch von Baselius und Eysengrein; er führt nämlich, wie schon oben angedeutet, 14 Artikel an. Doch ist die Entstehung seines 14. Artikels sehr leicht zu erklären. Er fand bei Baselius resp. Eysengrein, dass die Bauern 13 oder 14 Artikel gehabt hätten und forschte nun nach dem Inhalt des 14. Artikels. In der ihm vorliegenden, nur handschriftlich erhaltenen Quelle, welche den Inhalt einzelner Artikel nur in ganz kurzen Notizen angiebt, stand nun auch folgendes: „ferner was ihr fürnemmen vnnd anschlag, das sie darzu uff ein bestimmten tag sich versamlenn, vnnd einhelliglich gewaltiger weiss die Stadt Speyer einnemen, daselbs nit allein allenn geistlichenn das yr zu nemen, sondern auch denn Weltlichen, welchenn sie vonn der Bürgerschafft achten wahren, am Reichesten, vnnd habigesten zuw seinn vnnd in summa sackmann zu machen, wo sie etwas trautendt zuw finden." Da es ihm nun sonderbar erscheinen musste, dass, wenn die Bauern im Bistum Speyer einen Aufstand machten, sie nicht einmal einen Anschlag gegen die Stadt Speyer selbst machten, so nahm Simonis sofort diese Nachricht als 14. Artikel in seine Erzählung auf.

Der nun folgende Teil des Berichts von Simonis ist wieder aus seiner handschriftlichen Quelle entlehnt, jedoch mit folgenden Abweichungen: Simonis hat zunächst den Zusatz: „Dieses geschahe in dem April Anno Domini 1502." Sodann fährt

Simonis fort:	Seine handschriftliche Quelle:
Darauff hochgedachter Bischoff sampt dem Thumbdechant der zeit, sich alssbald persönlich zu Pfaltzgrave Philippsen dem Churfürsten gehn Heidelberg verfügt, vnd demselben diesen beschwerlichen Handel anzeigt, den er mit seinem Raht vnd hülff (nachdem er auch andere benachbaurte Fürsten vnnd	Durch solches schicket gedachter Bischof mit hilff und Raht des Churfürstenn, Pfaltzgraf Philipsen und auch anderer Fürsten vnnd hern mehr sich in die Handlung nachdem er die von Speyer ym treuwen verwarnet hat.

Herren dessen trewlich verwarnet, und sonsten gute versehung gethan) zu stillen und die Vrsacher der gebur zu straffen begehrt.

Die Thatsache, dass sich der Bischof und der Domdechant persönlich zum Churfürsten Philipp nach Heidelberg begeben haben, habe ich sonst nicht bestätigt gefunden. Trithem, welcher über die Versammlung zu Heidelberg vom 30. Mai 1502 berichtet, erwähnt davon nichts. Es lässt sich auch schwer feststellen, ob Simonis grade diese Versammlung meint, oder ob er von einer anderen Zeit spricht, denn seine Zeitangaben „darauff" und „alssbald" sind etwas sehr unbestimmt. Jedenfalls war gleich nach der Entdeckung Churfürst Philipp gar nicht in der Pfalz, sondern in Bayern.[1] Woher dem Simonis diese erweiterte Kenntnis gekommen, habe ich nicht nachweisen können; vielleicht ist es ein Zusatz von späterer Hand in dem von ihm benutzten Exemplar der Handschrift. Endlich hat Simonis noch einen längeren Bericht von der Begnadigung einzelner Einwohner von Jöhlingen, Ober- und Untergrombach mitten in seine Erzählung aufgenommen, welcher in dem mir vorliegenden Exemplar seiner handschriftlichen Quelle fehlt. Ob dieser Bericht in dem Exemplar der handschriftlichen Quelle, welches Simonis hatte, als Nachtrag von späterer Hand stand, oder ob er ihn aus anderen urkundlichen oder zeitgenössischen Nachrichten geschöpft hat, lässt sich schwer entscheiden; jedenfalls macht auch dieser Abschnitt keinen unglaubwürdigen Eindruck.

Sehr schätzbar und für die Darstellung der Entdeckung des Aufstandes fast allein massgebend ist der Bericht des Landschreibers Georg Brentz.[2] Wir haben hier die zeitgenössische Aufzeichnung eines Mannes, welcher, obgleich in bischöflichen Diensten stehend, doch keinen einseitigen Par-

---

1) Bericht von Brentz, veröffentlicht bei F. J. Mone, Badisches Archiv. Karlsruhe 1827. II, 167.
2) bei Mone a. a. O S. 165 ff.

teistandpunkt vertritt, sondern auch sehr wohl einsieht, dass es Pflicht der Machthaber sei, Mass zu halten und den Armen nicht unerträgliche Lasten aufzulegen „denn wo die regirer nit recht uber dem volk sein, werden sie damit gestrafft, das volk auch nit recht under inen ist." Soweit wir den Bericht Brentz' durch andere gute Quellen controlieren können, doch ist dies nur ein geringer Teil, zeigt sich, dass er stets wahrheitsgetreu berichtet, und wir können wohl annehmen, dass auch die übrige Erzählung glaubwürdig sei [1]).

Zwar sehr kurz, doch trotzdem recht brauchbar sind die Nachrichten, welche der Baseler Professor Hulderich Mutius über unseren Bundschuh hinterlassen hat.[2]) Zwar bringt er nichts wesentlich Neues, aber interessant ist z. B. die Anführung der Gründe, durch welche einzelne bewogen wurden, sich den Aufständischen anzuschliessen, und man kann daraus ersehen, aus was für Elementen diese sich zusammensetzten.

Sebastian Franck[3]) giebt über unseren Bundschuh einen ziemlich ausführlichen Bericht, der vieles Brauchbare enthält; aber da der Verfasser mehr denn 30 Jahre nach dem Ereignis und auch nach dem grossen Bauernkriege schreibt, laufen auch Irrthümer mit unter. Sein Bericht ist einer von denen, welcher nicht absolut auf bischöflichem Standpunkte steht; Franck bemüht sich möglichst unparteiisch zu schreiben. Zunächst findet sich bei ihm hervorgehoben, dass besonders die bischöflichen Bauern bei der Empörung beteiligt gewesen seien.[4]) Trithem hebt dieses seinem Standpunkte gemäss natürlich nicht hervor; trotzdem kann man aus seiner Erzählung schliessen, dass dies sehr wohl der Fall gewesen

---

1) Über die Nachricht, welche Linturius von dem Bundschuh giebt, vgl. den Excurs.

2) Hulderici Mutii Chronicon Germaniae SS. rer. Germ. edd. Pistorius et Struve II, 965. Seine Erzählung ist auch nicht gleichzeitig, sondern erschien erst 1539. (K. E. H. Müller in der Allgem. Deutsch. Biographie).

3) Germaniae Chronicon durch Sebastian Francken. 1538. S. 289 f.

4) sonderlich die Bischoffischen Bauren wider den Bischoff und Thumherren.

sei; da z. B. das Erkennungszeichen bei ihm, und das ist wohl die ursprüngliche Fassung, lautet: „Wir mögen vor den Pfaffen nicht genesen." Eine eigentümliche Nachricht giebt er über die Aufhebung des Bundschuhes, nämlich: „Dess Pfaltzgrafen und Bischofen volk kamen ann sie, erwürgten vil, vil mehr fiengen sie und liessens über die klingen springen." Franck scheint also die Ansicht zu haben, dass der Aufstand durch einen Kampf unterdrückt sei; dies ist aber nicht der Fall, und ist diese Nachricht, welche mit den zeitgenössischen und urkundlichen Berichten im Widerspruch steht, als unrichtig zu verwerfen. Merkwürdiger Weise giebt auch Sebastian Franck an, dass die Aufrührerischen 14 Artikel gehabt hätten; jedoch zählt auch er nur 13 auf. Man könnte leicht geneigt sein, anzunehmen, dass hier blos eine Flüchtigkeit vorliege, aber auch die anderen Berichte von Baselius, Eysengrein und Simonis sprechen, wie schon erwähnt, von 14 Artikeln. Wie dieser Umstand zu erklären ist, kann ich nicht angeben; so viel will ich jedoch noch erwähnen, dass ein Zusammenhang zwischen der Franckschen Erzählung und der von Baselius, Eysengrein und Simonis mir nicht nachweisbar erscheint. In seinem 11. Artikel erwähnt Franck noch, dass die Bauern unter sich selbst Regenten machen wollten, die in allen Streitigkeiten Recht sprechen sollten; dies scheint sich wohl auf die Wahl der beiden Hauptleute zu beziehen. — Im übrigen hat Franck recht schätzenswerte Nachrichten, freilich nur solche, die auch durch andere Quellen beglaubigt sind.

Auch dem Niederländer Gerhard van Roo[1]) müssen über unseren Bundschuh recht gute Quellen vorgelegen haben. Sein Bericht ist zwar nicht so eingehend, wie z. B. der des Trithem; das meiste, was er bietet ist auch durch andere glaubwürdige Quellen berichtet, doch macht auch das, was den besseren Quellen nicht bekannt ist, keinen unglaubhaften

---

1) Annales rerum belli domique ab Austriacis Habspurgicae gentis gestis. Innsbruck 1592. Gerhard van Roo schreibt erst nach der Mitte des 16. Jahrh.

Eindruck. Es sind dies hauptsächlich zwei Punkte, nämlich der Vorsatz der Bauern, das aus der Kriegsbeute gelöste Geld zur Ausrüstung und Vervollständigung ihrer Kriegsmittel zu verwenden, und sodann die Nachricht, dass die Bauern mehrere geheime Versammlungen gehabt haben, ehe sie das Zusammentreffen vor den Mauern von Bruchsal festsetzten. Das letztere ist ja auch ganz wahrscheinlich, denn wo sollten sie sonst die Hauptleute gewählt, wo ihre Forderungen und die Ausführung des Unternehmens beraten haben?

Bernhard Hertzog, Hanau-Lichtenbergischer Amtmann, dem letzten Viertel des 16. Jahrh. angehörig, giebt in seiner Edelsasser Chronik auch einen ausführlichen Bericht „von den Auffrürischen in dem Brurein genannt der Bundtschug."[1]) Er scheint seine nicht immer guten Nachrichten[2]) aus verschiedenen Quellen entlehnt zu haben, die er teilweise flüchtig und ungenau ausgeschrieben hat, nur so kann ich mir die mehrfachen Wiederholungen erklären. Er führt z. B. in der einleitenden Erzählung das gereimte Erkennungszeichen der Bauern an und wiederholt dasselbe — aber keineswegs mit denselben Worten — als er die Artikel der Bauern berichtet. Auch von der Hoffnung der Verschworenen, dass der gemeine Mann sofort ihnen zufallen würde, berichtet er zweimal, sowohl in der einleitenden Erzählung, als auch in den Artikeln. Eine merkwürdige Nachricht, welche sich allein bei ihm findet, ist die, dass der Anschlag der Bauern in der Beichte verraten worden sei. Dieser sehr späten Nachricht gegenüber steht der ausführliche zeitgenössische Bericht über die Entdeckung der Verschwörung von Brentz und der Bericht,

---

1) Chronicon Alsatiae oder Edelsasser Chronik u. s. w. durch Bernhard Hertzogen. Strassburg 1592. S. 164 f. Über Hertzog vgl. Wegele in der Allgem. deutschen Biographie.

2) er setzt z. B. den Aufruhr erst in das Jahr 1505, ein Irrtum, den auch H. Schreiber, der Bundschuh zu Lehen im Breisgau und der arme Konrad zu Bühl, zwei Vorboten des deutschen Bauernkrieges. Freiburg i. B. 1824. S. 4 übernommen hat. Aus beiden hat diese falsche Nachricht entlehnt H. Virck, Politische Correspondenz der Stadt Strassburg. 1882. I, 104.

welchen Simonis seiner handschriftlichen Quelle entlehnt hat. Obgleich diese beiden den bischöflichen Standpunkt vertreten — Brentz bemüht sich übrigens, wie schon gesagt, möglichst allen Parteien gerecht zu werden — meine ich doch, dass ihren Nachrichten Glauben geschenkt werden muss, da ihnen beiden absichtliche Fälschung nirgends nachgewiesen werden kann.[1]) Eine andere eigentümliche Nachricht Hertzogs ist die, dass die Aufrührerischen 400 Weiber in ihrem Bundschuh gehabt hätten. Die letztere Nachricht wird zwar von anderen Quellen nicht erwähnt, doch scheint dieselbe gar nicht so unwahrscheinlich, da die Bauern sich als Boten und Kundschafter sehr wohl einzelner Weiber bedient haben können. Freilich ist die Zahl 400 wohl, wie viele mittelalterliche und neuere Zahlenangaben, nur mit grösster Vorsicht aufzunehmen. Gute Nachrichten, welche auch durch urkundliche Quellen beglaubigt sind, hat Hertzog ebenfalls z. B. die, dass die Bauern über die Massen beschwert wären, so dass die vierte Stunde der Arbeit nicht einmal ihnen gehörte.[2]) Der Inhalt der Artikel stimmt im wesentlichen mit dem auch anderweitig überlieferten überein, nur sind dieselben mehrfach verkürzt, und auch die Nachricht über das Zusammenkommen vor den Mauern von Bruchsal fehlt. Wir sehen also, dass Hertzog trotz vieler Flüchtigkeiten auch gute Nachrichten hat, und daher doch eine nicht ganz ausser Acht zu lassende Quelle ist.

Anders verhält es sich jedoch mit dem Berichte Birkens[3]), der ja allerdings erst 1½ Jahrhundert nach dem Ereignis schreibt. Wir erhalten zwar einzelne auch aus anderen

---

1) Zimmermann folgt freilich ohne Angabe der Gründe der Hertzogschen Ansicht.

2) Janssen, Frankfurts Reichscorrespondenz II, 2. Freiburg i B. 1872. S. 666.

3) Spiegel der Ehren des Höchstlöblichsten Kayser- und Königlichen Erzhauses Österreich. Durch Herrn Johann Jacob Fugger. Umgesetzt durch Sigmund von Birken. Nürnberg Anno 1668. S. 1139. Die falsche Jahresangabe beruht wohl nur auf einem Druckfehler, da auf S. 1138 das Jahr 1501 und auf S. 1139 das Jahr 1502 stehen muss.

Quellen bekannte Nachrichten in recht gekürzter Form, daneben auch noch andere ganz merkwürdige, denen Wert aber wohl kaum beizulegen ist. Die Nachricht, dass die Bauern zu Bruchsal einen Versammlungstag abgehalten hätten, beruht möglicher Weise nur auf einer Verwechselung mit der Thatsache, dass ein Zusammenkommen daselbst verabredet war. Ferner ist die Nachricht „die Bauern wolten allein dem Röm. Keyser unterthan sein" durch andere Quellen nicht beglaubigt[1]); im Gegenteil nach Trithems Angabe wollten sie sich jedwede Freiheit nach Art der Schweizer erringen und alle Fürstenherrschaft und Obrigkeit beseitigen. Allerdings wollten die Angehörigen des Bundschuh zu Lehen 1513 den Kaiser und den Pabst als Oberhäupter bestehen lassen. Sollte vielleicht damit eine Verwechselung vorliegen? Sodann giebt Birken an, dass sie „die Religion erneuen wollten". Auch davon findet sich in anderen Quellen keine Spur; höchst wahrscheinlich hat Birken, der doch erst 1¼ Jahrhundert nach der Reformation und dem grossen Bauernkriege von 1525 schreibt, diesen Gedanken unseren Bauern willkürlich untergeschoben; vielleicht versteht er unter dem Erneuen der Religion auch die Plünderung und Beseitigung der Kirchen und Klöster. Die gröbste Unrichtigkeit aber schreibt Birken, wenn er den Aufstand durch ein wohlgerüstetes Heer überwältigen lässt. Zu einem Kampfe ist es doch, wie die besten Quellen übereinstimmend melden, nicht gekommen, sondern der Bundschuh wurde entdeckt, noch ehe die Verschwörung zum Ausbruche reif war.

Die Menge des erhaltenen urkundlichen Materials über unseren Bundschuh ist leider nur sehr gering, aber was von Quellen dieser Art auf uns gekommen, ist so vorzüglich beglaubigt, dass an der Echtheit auch nicht der geringste Zweifel gehegt werden kann. Es liegen uns zunächst vor der Bericht über unseren Bundschuh, welcher auf dem Fürsten- und Städtetage zu Schlettstadt am 29. April 1502 durch die Ab-

---

1) Janssen, Gesch. des deutschen Volkes II, 403 berichtet es freilich als beglaubigte Thatsache!

gesandten des Bischofs von Strassburg mitgeteilt wurde.¹) Die Nachrichten beruhen auf den Aussagen eines Bauern, welcher aufgefordert worden war, zu dem Bundschuh zu schwören, was er jedoch abgeschlagen hatte. Man könnte nun vermuten, dass der Bericht recht parteiisch gegen die Bauern gehalten sei. Dies ist aber keineswegs der Fall; vielmehr sind die Aussagen völlig sachgemäss und frei von Ausfällen gegen die Empörer. Doch schliesst dies freilich nicht aus, dass auch Irrtümer mit untergelaufen sein können, da z. B. die Leute, welche unseren Berichterstatter gewinnen wollten, ihm möglicher Weise übertriebene Angaben über die Stärke und Verbreitung des Bundschuhes gemacht haben.

Die anderen urkundlichen Nachrichten beziehen sich meist auf die Vorkehrungen, welche die benachbarten Fürsten, Herren und Städte trafen, um ein Aufflackern der Empörung, welches man allgemein fürchtete, sofort unterdrücken zu können. Es sind dies die Abschiede des eben genannten Tages zu Schlettstadt²) und eines zweiten, ebenfalls zu Schlettstadt am 10. Juni 1502.³) Die Glaubwürdigkeit dieser amtlichen Aufzeichnungen ist natürlich nicht anzuzweifeln.

Einen Bruchteil aus einem Schreiben Maximilians vom 11. Juni 1502 an die Stadt Esslingen teilt Klüpfel mit⁴), worin er dieselbe auffordert, den Bundestag zu Ulm „mit vollmächtiger Botschaft zu beschicken". Den Abschied dieser Bundesversammlung besitzen wir ebenfalls.⁵) Aus beiden Schriftstücken geht hervor, dass Maximilian die Schweizer in enger Verbindung mit dem Bundschuh glaubte. Inwieweit

---

1) Janssen, Frankfurts Reichscorrespondenz II, 2. S. 666. Zeile 3 ist statt des ganz unverständlichen buntprossen nach Ausweis des Stadtarchiv I zu Frankfurt a M. zu lesen buntpnossen, was wohl nur verschrieben ist für buntnossen-Bündnisse.
2) Janssen a. a. O. S. 667 f.
3) Mossmann, Cartulaire de Mulhouse Tome IV. Colmar 1886. S. 394 ff.
4) Klüpfel, Urkunden zur Geschichte des schwäbischen Bundes Stuttgart 1846. 1, 468.
5) Klüpfel a. a. O.

diese Vermutung gerechtfertigt war, wird unten in der eigentlichen Darstellung unseres Bundschuhes genauer ausgeführt werden.

Ein eigenartiges urkundliches Schriftstück führt Klüpfel noch an[1]), nämlich den Bericht des Ratsboten von Ulm über eine vertrauliche Mitteilung, welche Maximilians Geheimschreiber Niclaus Ziegler und auch Max selbst den städtischen Ratsboten in Ulm besonders über die Gefahr, die dem Reiche durch die Verschwörung unseres Bundschuhes drohe, gemacht hatte. Einige Berichtigungen zu diesem Schriftstücke hat schon Stälin[2]) angeführt, nämlich die, dass der König unmöglich am 24. Juni in Ulm eine Mitteilung an die Städte gehalten haben könne, da er erst am 30. Juni daselbst eintraf, also wohl nur irrtümlich eine Zusammenfassung unter dem 24. Juni bei Klüpfel vorliege; ferner die, dass S. 471 Zeile 1 - 3 „davon" bis „vorzert" zu streichen ist. Eine Berichtigung kann ich noch hinzufügen, nämlich S. 470 Zeile 14 ist statt „ein Puntschuch, genant monita", nach gütiger Mitteilung des Kgl. Württembergischen Geheimen Haus- und Staatsarchivs zu Stuttgart zu lesen „ein Puntschuch, genant Monica". Was dieses Wort aber bedeuten solle, habe ich leider nicht ergründen können.

Was nun die hier wiederholt angeführte Verbindung des Königs von Frankreich mit dem Bundschuh anlangt, dessen communistische Tendenzen dabei scharf hervorgehoben werden, so kann ich mich der Meinung nicht verschliessen, dass hier eine völlig unbegründete Vermutung Maximilians vorliege, wie ja überhaupt die Verbindung des Königs von Frankreich mit allem, was das Reich zu bedrohen schien, bei Maximilian zur fixen Idee geworden war.[3]) In keinem anderen zeitgenössischen oder späteren Berichte, auch in keiner

---

1) Klüpfel a. a. O. S. 469 ff.
2) Ch. F. von Stälin, Wirtembergische Geschichte. Stuttgart 1873. IV, 45.
3) vgl. z. B. Janssen, Franklurts Reichscorrespondenz II, 2 Nr. 795. S. 637.

anderen urkundlichen Quelle wird eine solche Verbindung erwähnt, und es ist wohl anzunehmen, dass eine für die Verschworenen so schätzenswerte Hilfe auch der Masse des Volkes nicht verborgen geblieben wäre, da sie ja ein vorzügliches Mittel bot, schwankende Elemente für die Verschwörung zu gewinnen.

2. Teil.

Der Bundschuh im Bistum Speyer.

Der Bundschuh im Bistum Speyer ist eine der vielen Erhebungen des gemeinen Mannes, welche schon fast 100 Jahre vor dem Ausbruch des grossen Bauernkrieges bald hier bald da aufflackern, gleichsam wie Wetterleuchten vor dem Ausbruch des Gewitters. Mannigfach sind die Gründe, welche den Ausbruch solcher Empörungen hervorriefen, meist aber sind es die Bedrückungen seitens der herrschenden Klassen und die sociale Not.

Die Betrachtung der Ursachen, welche unseren Bauernaufstand hervorriefen, dürfte wohl unsere nächste Aufgabe sein.

Der Bischof von Speyer, Ludwig von Helmstädt, fand schon bei Antritt seines Episcopats im Jahre 1478 eine ganz bedeutende Schuldenlast vor, deren Verzinsung zu 5% jährlich eine Summe von 8968½ Fl. erforderte.[1] Wenn Bischof Ludwig es sich auch angelegen sein liess, diese Zinsenlast zu verringern, dadurch dass er einen Teil des Capitals aus Strassburg zu 4% aufnahm, wodurch z. B. im Jahre 1510 eine jährliche Zinsminderung um 1200 Fl. eintrat, so mag doch immerhin diese Summe auch noch drückend genug auf den Steuerzahlern gelastet haben.

---

[1] Bericht von Brentz bei Mone, Archiv II, 370.

Sodann suchte Bischof Ludwig auch durch grosse Ankäufe von Gütern und Schlössern sein Machtgebiet zu erweitern. Der von bischöflichem Standpunkte aus schreibende Remling führt zwar an, dass Ludwig so durch nützliche Käufe und Verkäufe das Wohl seines Hochstiftes zu fördern suchte[1]; aber betrachten wir nun auch die Kehrseite. Das Gold für alle diese Käufe hatten doch wohl nur die Unterthanen aufzubringen, denn die Käufe überwogen bei weitem die Verkäufe, schon die Summe der bei Remling angeführten Käufe beträgt fast 6000 Gulden mehr, als die der Verkäufe.

Eine Fehde, welche dem Bischof Ludwig mit dem schwäbischen Bunde im Jahre 1490 bevorstand[2], weil er einem kurpfälzischen Dienstmanne Hans Lindenschmid auf einem Raubzuge gegen ein Mitglied des schwäbischen Bundes ungehinderten Durchzug gewährt hatte, konnte er nur dadurch vermeiden, dass er dem Geschädigten 6000 Gulden als Schadenersatz und dem Bunde für den Kostenaufwand bei der Rüstung 2000 Fl. zahlte. Um diese Summe aufzubringen, musste den Unterthanen eine besondere Schatzung auferlegt werden.

Vor allem aber gebrauchte der Bischof sehr viel Geld für die vielen Bauten, welche er trotz der grossen Verschuldung des Hochstiftes aufführen liess. Bald war er in so grosse Geldverlegenheit gekommen, dass er sogar den Zehnten von allen geistlichen Gütern einziehen musste.[3] Wenn also hier schon die Geistlichkeit zu den Steuern herangezogen werden musste, wie sehr mögen dann bereits die Weltlichen und vor allem die Bauern ausgesogen gewesen sein! Auf letzteren gerade lasteten natürlich die Abgaben am meisten; denn jeder suchte naturgemäss den ihm Unterstehenden am meisten auszunutzen, und auf den Bauern, als dem niedrig-

---

1) Remling, Geschichte II, 192.
2) Remling, Geschichte II, 198. Klüpfel, Urkunden I, 91 ff. vgl. auch die Einleitung zu dem Gedichte vom Lindenschmid bei v. Liliencron, die historischen Volkslieder der Deutschen II. 289.
3) Remling a. a. O. II, 202.

sten Stande, lastete der schwerste Druck.¹) Wir können es so auch begreiflich finden, dass von den Bauern, welche sich beklagten „sie sigen der moss beschwerdt, das die vierdt stundt irer arbeit nit ir sie",²) dieser Zustand für unerträglich gehalten³) und Aufwieglern williges Gehör geschenkt wurde. Aber auch auf den Städtern lastete der Steuerdruck, und so schloss sich dann auch die Hälfte der Einwohner der Stadt Bruchsal, vermutlich die ärmeren, den Aufrührern an.

Ein weiterer Grund dafür, dass die Bevölkerung gerade gegen die Geistlichkeit so sehr erbittert war, mag wohl auch in dem über die Diöcesen Speyer und Worms wahrscheinlich im Jahre 1497 verhängten Interdict zu suchen sein. Eine Empörung des Volkes aus dieser Ursache wurde von den Zeitgenossen befürchtet, wie aus einem Briefe des Erzbischofs Berthold von Mainz an den Papst hervorgeht, in welchem er diesem seine entschiedene Missbilligung über das Interdict ausspricht. Auch der grimmigste Gegner könnte keine für diese Kirchen schädlichere Massregel, die nur zur Beraubung des Clerus führen würde, ausfindig machen. Einem ohnedies ungehorsamen, schwer zu behandelnden Volk müsste diese unverdiente und unverstandene Strafe unerträglich sein u. s. w.⁴)

Auch die systematische Ausbeutung des Volkes durch die römische Kirche im Allgemeinen, nicht blos die speciellen Bedrückungen des Speyerer Bischofs, mag nicht zum wenigsten dazu beigetragen haben, die materielle Not zu vermehren

---

1) Huldrici Mutii Chronicon bei Pistorius et Struve II, 965 giebt als Gründe an: conquerentes oneratos se tributis, vectigalibus, censibus, decimis aliisque exactionibus.
2) Janssen, Frankfurts Reichscorrespondenz II, 2 S. 666.
3) Die beklagenswerte Lage des Bauernstandes wurde sogar von den Churfürsten anerkannt, vgl. den Entwurf der Churfürsten über die innere Reichsordnung und das Recht der Repressalien. Gelnhausen 1502. Ranke, Deutsche Geschichte VI, 24.
4) H. Ulmann, Kaiser Maximilian I. Stuttgart 1884 I, 298.
In ähnlicher Weise spricht sich Reuchlin in seiner Rede an den Papst Alexander VI. im Jahre 1498 aus. Ill. virorum epistolae ad Reuchlin, Hagenau 1519. S. 107.

und so Unzufriedenheit in den Reihen des Landvolkes zu verbreiten. Nicht nur dass die römische Kirche durch Zahlung der Annaten und Verkauf der Pallien grosse Summen aus Deutschland zog, sondern um von der Masse des Volkes direct mehr Geld zu erzielen, wurden neue Einrichtungen getroffen, welche sich bei der religiösen Aufregung, welche damals alle Klassen des deutschen Volkes beherrschte, auch als äusserst gewinnbringend erwiesen: ich meine die Einrichtung der Jubiläen.[1]) Es wurde nämlich allen denen, welche im Jahre 1500 persönlich in Rom erschienen, ein besonderer Ablass gewährt, und dies erregte die Reiselust des deutschen Volkes ungeheuer. Viele Tausende von Leuten aller Stände eilten nach Rom und schleppten ungeheure Summen Geldes aus dem bereits verarmten Deutschland dorthin.[2]) Bald aber schien auch dieses dem Papste nicht mehr genug und er beschloss, den Cardinal Raimund von Gurk nach Deutschland zu senden, um auch denen, welche nicht nach Rom kommen konnten, das Jubiläum in der Heimat zu verkünden. In begeisterter Weise wurde dieser von allen Ständen, bei der religiösen Erregung des ganzen deutschen Volkes aufgenommen, von ihm hoffte man Lösung von allen Sünden — und wahrlich nicht gering mögen die Summen sein, welche der Cardinal, während seines Aufenthaltes von 1501 - 1504 aus Deutschland und besonders der Masse des gewöhnlichen Volkes gezogen hat. Erfreulicher Weise besitzen wir nun gerade eine urkundliche Nachricht über die Summen, welche er im Bistum Speyer, wo er sich einige Wochen vor der

---

1) Valerius Anshelm. Berner Chronik. Bern, 1886 II, 322 schreibt von den Kreuzwundern; „allein so ward im schrecken der Römsch ablassmarkt treffenlich gefürdret und besseret".

2) In der Instruction der Reichsgesandtschaft, welche vom Reichstage von Augsburg 1500 nach Rom gesandt wurde, heisst es, dass an Annaten und für päpstliche Indulgenz und Ablass so viel Geld nach Rom geschleppt sei, dass die Stände im deutschen Reiche an Geld verarmt und erschöpft seien. J. J. Müller, Reichstagsstaat Jena 1709. S. 117 f.

Entdeckung unseres Bundschuhes aufhielt[1]), eingenommen hat.[2]) Es sind dies ausser mehreren Schmuckgegenständen 826 Fl. rhein. in Gold, in Silbermünzen ein Betrag, welcher 602 Fl. rhein. Goldwährung wert war; ausserdem noch 14 Pfund grösserer und 108 Pfund kleinerer Scheidemünze. Aus der ungeheuren Menge der geringwertigen Münzen kann man, scheint mir, ersehen, wie sehr sich gerade die ärmere Bevölkerung an der Zahlung des Ablassgeldes beteiligt hat.

Vor allem gross aber scheint mir der Einfluss gewesen zu sein, welchen die immerwährend ungünstigen Ernten während des letzten Jahrzehntes des 15. Jahrhunderts und auch am Beginn des 16. Jahrh. und die dadurch hervorgerufene Notlage der Landbevölkerung ausgeübt haben. Die meisten zeitgenössischen und auch spätere Schriftsteller berichten über die daraus entstandene Hungersnot und das entsetzliche Elend, welches die darauffolgende Pest verursachte.

Im Jahre 1490 herrschte besonders in Schwaben grosse Teurung, da die Getreideernte missraten und der Wein an den Stöcken erfroren war.[3]) Die folgenden 3 Jahre hindurch trieb die Hungersnot, welche an der Etsch, in Schwaben, Baiern und den benachbarten Teilen Italiens wütete, viele Leute an, ihre Heimat zu verlassen und in entfernten Gegenden für sehr teure Preise Korn zu kaufen, damit sie wenigstens ihr Leben fristeten.[4]) Im Bistum Speyer hatte im Jahre 1493 der Bischof infolge der Hungersnot, welche erst kurz vorher im Hochstifte geherrscht hatte und manche Bewohner an den Rand der Verzweiflung gebracht hatte, eine Almosenstiftung gegründet, aus welcher bei einbrechender Not und Teurung redlichen Armen Korn zuerteilt werden

---

1) Am 2. März 1502 ist er in Speyer.— Remling, Urkundenbuch zur Geschichte der Bischöfe von Speyer. Mainz 1853. Nr. 235. S. 449.
2) Remling, Urkundenbuch Nr. 237. S. 453.
3) Trithemius II, 536.
4) Linturii Appendix ad fasciculum temporum Werneri Rolewinck bei Pistorius et Struve. SS. rer. Germ. II. 579.

sollte.¹) — Aber die Zeiten waren keineswegs besser geworden. Im Jahre 1499 verwüstete der Schweizerkrieg in entsetzlicher Weise einzelne Teile von Südwestdeutschland. Nachhaltiger aber noch waren die Wirkungen, welche die Teurungen in den ersten Jahren des neuen Jahrhunderts ausübten. Das Jahr 1500 nämlich brachte für ganz Deutschland eine Missernte, so dass die Getreidepreise noch im Laufe des Winters auf das Doppelte stiegen²) und z. B. die Behörden des schwäbischen Bundes einen grossen Vorrat an Getreide einzukaufen beschlossen³). In dem folgenden Jahre folgte dann besonders in den rechtsrheinischen Landen eine sehr grosse Teurung und Hungersnot. Nur im Elsass war Getreide vorhanden, und Strassburg unterstützte dann auch das rechtsrheinische Gebiet nach Kräften⁴), freilich alle Not dürfte sich wohl kaum haben lindern lassen. Die Pest, die Gefährtin der Hungersnot, fehlte natürlich auch nicht und verheerte alle Gegenden, wo diese geherrscht hatte⁵). Diese Notlage hat der Verbreitung der Verschwörung unter den Bauern nicht geringen Vorschub geleistet; mit Neid sah man auf die Reichen, denen es selbst bei der herrschenden Teurung noch möglich war, in Wohlleben zu schwelgen, und so finden wir denn auch unter den Forderungen der Bauern das Bestreben, ihre Lage zu bessern, indem sie die Güter der Kirche unter sich teilen, und sodann auch die Vorrechte des Adels in Bezug auf Jagd, Fischerei, Weide, Wald beseitigen wollen.

Unzweifelhaft haben auch husitische Ideen auf die Entstehung der Verschwörung eingewirkt. Die Forderung Hus'

---

1) Remling, Geschichte. II, 203.
2) Heinrich Hugs Villinger Chronik. Bibl. des lit. Vereins zu Stuttgart. Publ. 164. S. 17.
3) Klüpfel, Urkunden I, 411.
4) Heinrich Hugs Villing. Chron. a. a. O. Trithem II, 586.
Ueber die grosse Teurung 1501 berichtet auch F. Zorn, Wormser Chronik. Bibl. des liter. Ver. zu Stuttgart Publ. 43. S. 205. Über den guten Ausfall der Ernte in den linkerhein. Landen vgl. Gedenkbuch des Metzer Bürgers Philippe von Vigneulles. Bibl. d. liter. Ver. zu Stuttgart Publ. 24. S. 139. Es folgte aber ein sehr kalter Winter und ebenso im Jahre 1502 ein sehr kaltes Frühjahr.
5) Huldrici Mutii Germ. chron. a. a. O. S. 965.

von der Armut der Geistlichkeit und Einziehung aller Kirchengüter, welche schon die Taboriten 1420 unter ihre vier Artikel aufgenommen hatten, waren in ganz Deutschland bekannt und besonders von der Landbevölkerung, als dem geknechtetsten Stande, begeistert aufgenommen worden. So finden wir denn auch in dem Programm unseres Bundschuhes wiederholt die Absicht ausgesprochen, alle Güter der Kirche einzuziehen und die Zahl der Priester zu verringern. Die communistischen Forderungen, welche die Husiten aufgestellt und welche damals ihren Einfluss auf die Massen nicht verfehlt hatten, finden sich auch hier, in der eben erwähnten Teilung des geraubten Kirchengutes, dem gleichen Recht an Jagd, Fischerei, Weide, Wald und der Aufhebung aller Abgaben an geistliche und weltliche Herren. Die Hauptforderung des Husitentums freilich, die Freiheit in Religionssachen bleibt bei den Speyerer Bauern unerwähnt; zu solchen idealen Zielen hatten sie sich nicht aufgeschwungen, für sie war die sociale Not, die leidige Brot- und Magenfrage das Bestimmende.

Wahrlich nicht gering scheint auch der Einfluss gewesen zu sein, welchen die erst kürzlich errungene Freiheit der Schweizer auf die Gemüter der Speyerer Bauern ausgeübt hat. Noch frisch im Gedächtnis aller waren die durch Volkslieder weithin verbreiteten Erfolge der Schweizer Bauern in den Kämpfen am Schwaderloch, im Münsterthal und die blutige Schlacht bei Dorneck. Warum sollte es für sie, dachten sich die Speyerer Bauern, nicht auch möglich sein, in gleicher Weise das Joch der Knechtschaft abzuwerfen?[1] Freilich liessen sie dabei aus dem Auge, dass die Schweizer Bauern durch Jahrzehnte lange Thätigkeit als Söldner in fremder Herren Diensten das Kriegshandwerk von Grund aus erlernt hatten und das beste Fussvolk ihrer Zeit bildeten. Doch wie dem auch sei, durch die mannigfachsten Berichte ist erwiesen, dass das Erringen von Freiheit nach Art der

---

[1] Chronicon Carionis. auct. Ph. Melanchtone et Casp. Peucero. Wittenberg 1588. S. 1074.

Schweizer von den Bauern allgemein begehrt wurde; gleich in den ersten Artikel ihres Programms hatten sie es aufgenommen. Ja noch mehr, sie hatten sogar mit den Schweizern Verbindungen angeknüpft, indem sie Boten dorthin sandten mit der Anfrage, ob man von ihnen Hilfe zu erwarten hätte. Diese Boten hatten dann auch die Antwort erhalten, dass man bereit sei, der Gerechtigkeit Beistand zu thun und Leben und Gut dafür einzusetzen.[1]) Doch kann sich dies wohl nur auf die Bereitwilligkeit mancher Leute aus dem Volke beziehen, ebenso wie die Warnungen und Kundschaft, welche Maximilian von den Eidgenossen gehabt hat.[2]) Denn eine Verbindung der eidgenössischen Behörden mit den aufrührerischen Bauern scheint nicht in Frage kommen zu können; es würde dies dann wohl wahrscheinlich auf den Tagessatzungen, deren Abschiede uns aus jener Zeit in seltener Vollständigkeit erhalten sind, irgend einmal zur Sprache gebracht worden sein. Sodann scheint mir auch folgendes dagegen zu sprechen. Nachdem die Verschwörung im Bistum Speyer entdeckt war, wurden nach dem Beschluss des Tages zu Schlettstadt vom 29. April 1502 in den benachbarten Gebieten gegen etwaige Erhebungen der Unterthanen und wohl auch gegen mutmassliche Überfälle seitens der Schweizer Vorkehrungen getroffen, indem die Städte mit Proviant, Geschütz, Wächtern, Pförtnern und allen notwendigen Dingen ausgerüstet wurden. Dies wurde auch von den Eidgenossen bemerkt und auf dem Tage zu Zürich am 13. Mai 1502 zur Sprache gebracht[3]), aber niemand wusste, gegen wen sich diese Massregeln richteten. Hätten nun die Bundesbehörden mit dem Bundschuh officiell in Verbindung gestanden, so wäre ihnen auch die Entdeckung kaum verborgen geblieben, zumal mehrere der Hauptteilnehmer desselben entkommen waren, und sie hätten sich dann erklären

---

1) Janssen. Frankfurts Reichscorrespondenz II, 2. 666.
2) Klüpfel, Urkunden I, 470.
3) A. Ph. Segesser, Amtliche Sammlung der älteren eidgenössischen Abschiede III, 2, S. 163.

können, was alle die genannten Vorkehrungen zu bedeuten hätten.

Aus der Masse und dem Umfange der von dem Kaiser und den Ständen nach der Entdeckung des Bundschuhes getroffenen Vorsichtsmassregeln könnte man freilich auf den Gedanken kommen, dass auch aus der Schweiz wohl doch mehr als einige revolutionär gesinnte Bauern dem Bundschuhe Unterstützung zugesagt hätten. Aber bedenken wir, dass die blutigen Niederlagen, welche man von den Schweizern empfangen, noch frisch in aller Gedächtnis waren, dass man über die Verbreitung des Bundschuhes genaue und zuverlässige Nachrichten nicht hatte, dass Maximilian — denn in seinen Mandaten und Schreiben finden sich hauptsächlich die Warnungen vor den Schweizern — von Natur etwas zur Schwarzseherei neigte, so werden wir auch diesen Einwurf als nicht recht stichhaltig zurückweisen können.

Alle die angeführten Gründe mögen mehr oder minder ihren Einfluss auf die Masse des Volkes ausgeübt haben, jedenfalls steht so viel fest, dass es im Volke gährte, und dass es nur eines oder mehrerer thatkräftiger Männer bedurfte, welche die Organisation und Leitung der Bewegung übernahmen. Diese fanden sich denn auch bald in zwei Bauern des Dorfes Untergrombach, im Bruchrain [1]) unweit Bruchsal gelegen. Ueber die Person des einen derselben sind wir, da er, wie unten noch näher auszuführen ist, der Organisator des Bundschuh zu Lehen 1513 war, genauer unterrichtet. Josz Fritz, ein junger, scheinbar nicht unbemittelter [2]) Bauersmann, ein „Führer und Verführer des Volkes durch und durch, mit süsser Rede angethan, wohl wissend, wo den armen Mann der Schuh drücket, und wo

---
1) Die Gegend von oberhalb Bruchsal bis gegen Wiesloch heisst man den Bruchrain, von Bruch (sumpfige Niederung) und Rain (terrassenförmige Anhöhe), weil die Niederung durch solche fortlaufenden Erhöhungen begrenzt wird. Diese Benennung kommt aber auch anderwärts am Oberrhein vor, wo eine ähnliche Beschaffenheit des Bodens vorhanden ist. Mone, Zeitschrift für die Geschichte des Oberrheins Bd. 20.

2) Man kann dies vielleicht aus der Schilderung seiner Kleidung entnehmen. Schreiber, der Bundscuh zu Lehen S. 49.

selber von Juden und anderen Wucherern, von Advocaten und Beutelschneidern, von Fürsten, von adeligen und geistlichen Herren allzusehr mit Lasten und Frohnden beschwert worden,"[1]) war einer der Hauptursächer des Bundschuhes zu Speyer.[2]) In sehr geschickter Weise verstand er es, unter den Bauern für seine Sache Propaganda zu machen, und dieselben durch seine überzeugende Beredsamkeit zu gewinnen. Andere wurden durch die Aussicht auf reiche Beute zum Beitritt bewogen, falls es ihnen gelingen sollte, die Machthaber zu besiegen, noch andere hofften, dass sie ihre Schulden nicht zu bezahlen brauchten.[3]) Einen grossen Zuwachs erhielt die Verschwörung auch durch die vielen im Lande umherstreichenden Landsknechte und jungen Bauersknechte, welche keinen Herren oder Dienst hatten. Daneben scheinen auch junge kräftige Bettler dem Bundschuh angehört zu haben.[4]) So hatte sich die Verschwörung allmählich weithin verbreitet, in Untergrombach gehörte die ganze Gemeinde mit Ausnahme von acht Mann dazu, ebenso auch viele von Obergrombach; in lezterem Orte auch zwei Schlossknechte, welche versprochen hatten, den anrückenden Bauern das Schloss zu öffnen [5]) und falls sich der Kellermeister zur Wehr setzte, diesen zu erstechen. Eine grosse Anzahl der Bewohner der Dörfer Jöhlingen, Weingarten, Henzheim, Villt, Merklingen, Diffenborn, Neudorf hatten in den Bund geschworen, ebenso einzelne aus der

---

1) So lautet die von gegnerischer Seite ausgehende (Janssen nennt sie seinem Parteistandpunkte gemäss allerdings „treffliche") Charakteristik in einem Briefe eines Breisgauischen Amtmannes, Georg Roheisen vom 13. Nov. 1514 bei Janssen, Geschichte des deutschen Volkes II. 404.

2) Josz Fritz, gebürtig aus dem Stift Spir von Untergrumbach, der vormalen im Bundschuh, so sich vor 12 Jahren zu Brüssel (Bruchsal) erhebt hat, auch verhaft und nicht der minsten Sächer einer gewesen, und von dannen entwichen ist. bei Schreiber, der Bundschuh zu Lehen u. s. w. S. 45.

3) Huldrici Mutii chronicon S. 965.

4) Gerard de Roo ad. an. 1502. rustici complures et ex agris collecta multitudo. Man kann es auch daraus schliessen, dass auf dem ersten Tage zu Schlettstadt beschlossen wurde, auf diese besonders Acht zu haben.

5) Bericht von Brentz bei Mone, Archiv II, 166.

Stadt Pforzheim und fast die Hälfte der Einwohner der Stadt Bruchsal. Zu dem waren auch gegen 500 Mann reisige Leute im Bunde, aber vorsichtiger Weise kein Adliger, der eigene Leute hatte, damit der Anschlag nicht etwa offenbar würde. 40 Boten waren von ihnen in die Lande rings umher, ja sogar bis nach der Schweiz gesandt worden, welche die Bauern aufwiegeln und in den Bundschuh bringen sollten; zu gleichem Zwecke waren wohl auch mehrere Weiber thätig. Auch ein Herr verrichtete insgeheim [1]) Botendienste und hatte den Verschworenen versprochen, ihnen so viel Leute zuführen zu wollen, als sie irgend gebrauchen konnten.

Wie gross die Anzahl der Verschworenen gewesen sein mag, lässt sich sehr schwer feststellen; jedenfalls hoffte man 15—20000 Mann in den Bund zu ziehen.[2]) Ob die Angabe [3]), dass es 7000 Mann und 400 Weiber gewesen seien, richtig ist, lasse ich dahin gestellt, jedenfalls ist es etwas auffällig, dass bei einer so grossen Zahl nach der Entdeckung nur einige mehr denn 100 als schuldig erfunden wurden.[4]) Doch ist es immerhin möglich, dass das Geheimnis so gut gewahrt worden ist. Freilich lassen auch die zeitgenössischen Quellen [5]) und die umfassenden Vorsichtsmassregeln, welche nach der Entdeckung getroffen wurden, auf eine weite Verbreitung schliessen.

Die Verschworenen hielten mehrfach Zusammenkünfte ab, und es wurden dann auch zwei Hauptleute gewählt, deren einer der schon oft genannte Josz Fritz war.[6]) Sie sollten die Führung in dem zu erwartenden Kampfe übernehmen,

---

1) Item er seit auch, dass eyn her myt helttum uff der potschafft ridt. Janssen, Frankfurts Reichscorrespondenz II, 2. 667.
2) Marino Sanuto, I diarii Venedig 1880. IV, 262.
3) Hertzog, Edelsasser Chronik S. 164.
4) Brentz b. Mone, Archiv II, 168.
5) Trithemii Ann. Hirsaug. II. 589. Brentz a. a. O.
6) Brentz a. a. O. sagt von Josz Fritz: den man und kein andern noch zur zeit mag schetzen des buntschuchs haubtmann und anfenger gewesst sein.

sie sollten in allen Streitigkeiten Recht sprechen, ihnen sollten alle aufs Wort gehorchen. Sodann beschloss man eine Fahne in Basel verfertigen zu lassen, denn es war bei unserem Bundschuh natürlich auf ein militärisches Vorgehen abgesehen, und ohne ein Feldzeichen konnte man sich dieses nicht vorstellen.[1]) Die Fahne[2]) sollte blau und weiss sein und auf ihr das Bildnis des Gekreuzigten, zu seiner einen Seite ein Bundschuh als Zeichen des Bundes, auf seiner anderen Seite ein Bauer, knieend mit gefalteten Händen und über dessen Haupte die Worte: Nichts dann die Gerechtigkeit Gottes.

Was nun die Zwecke und Ziele unseres Bundschuhes anbetrifft, so ist vorerst zu bemerken, dass uns ein Programm, etwa ähnlich denjenigen, welche die Bauernhaufen im grossen Bauernkriege aufstellten, nicht überliefert ist; wohl aber wissen wir von den Bestrebungen einiges aus den Urgichten[3]) gefangener Angehöriger des Bundschuhes.

Den Bundschuh, so lautet der 1. Artikel derselben, hätten sie hauptsächlich in der Absicht begonnen, damit sie nachher, an Zahl vermehrt, zum Kriege geeignet schienen und wohl im stande sein könnten, jedes Joch der Knechtschaft mit Gewalt abzuschütteln und sich jedwede Freiheit nach Art der Schweizer mit den Waffen zu erwerben.

2. wurde jeder, der zu ihrem Vorhaben geschworen hatte, zuerst angehalten, fünfmal das Vaterunser mit dem Gruss der Engel[4]) zur Erinnerung an die fünf Hauptwunden Christi mit gebeugten Knieen zu sprechen, zu dem Zweck, dass Gott ihrem Vorhaben zur Gerechtigkeit günstigen Erfolg schenken solle.

---

1) Man kann sich überhaupt eine Bauernerhebung in jener Zeit ohne ein Fähnlein gar nicht denken, vgl. z. B. welche Mühe das Beschaffen des Fähnleins beim Bundschuhe zu Lehen machte, und doch wollte man auf dasselbe nicht verzichten. Schreiber a. a. O. S. 47 ff.

2) Trithemius a. a. O.

3) Trithem fasst dieselben in 13 Artikel, Simonis fügt noch einen 14. hinzu.

4) Domini pax vobicum! Hertzog hat statt des fünfmaligen Vaterunser fünf Ave Maria.

3. bestimmten sie sich als Schutzpatrone die Jungfrau Maria und St. Johannes. Als Erkennungszeichen unter einander bestimmten sie folgendes: Es fragte ein Angehöriger der Verschwörung, wenn er wissen wollte, ob ein anderer auch derselben angehörte, diesen: „Was ist euch für ein Wesen?" Antwortete der Gefragte: „Wir mögen vor den Pfaffen nicht genesen" [1]), so bekannte er sich als Mitverschworener.

4. war ihre Absicht, jede Obrigkeit und Herrschaft zu vernichten, und sie hatten bestimmt, so bald sie zahlreich genug wären, gegen alle in hellen Haufen mit der Fahne vorzurücken und alle, die sich ihnen widersetzten, ohne Erbarmen zu töten.

5. hatten sie beschlossen in die Stadt Bruchsal, welche zum Bistum Speyer gehört, einzudringen, in der, wie sie sich rühmten, die Hälfte der männlichen Einwohner mit bei ihrer Verschwörung sei. Wenn sie diese, wie sie hofften, leicht in Besitz genommen hätten, wollten sie, alles verwüstend, weiter vorrücken gegen die Markgrafschaft Baden.

6. hatten sie beschlossen, die Güter der Klöster, Dom- und Stiftskirchen, zugleich auch der Geistlichen im ganzen Umkreis zu plündern und nach ihrem Willen unter sich zu teilen; sowie auch einen Teil der Beute zur Vermehrung und besseren Ausrüstung ihrer Streitkräfte zu verwenden. Die Diener der Kirche wollten sie erniedrigen, und dadurch dass sie viele töteten und verjagten, die Zahl derselben verringern.

7. hatten sie unter einander vereinbart, dass sie, zur Verwüstung des Landes in genügender Menge versammelt,

---

1) Es scheint mir diese Fassung die ursprünglichere. Die andere: „Wir mögen vor den Pfaffen und dem Adel nicht genesen." ist wohl erst nach dieser entstanden, indem die Leute bei sich bedachten, dass ja der Bundschuh sich auch gegen die Adligen richtete. Doch ist auch diese zweite Fassung schon während des Bestehens des Bundschuhes im Umlauf gewesen, wie aus der Angabe bei Janssen, Frankfurts Reichscorrespondenz II, 2. S. 667 hervorgeht. Nicht zu billigen aber scheint mir das Verfahren Janssens, welcher den Erkennungsspruch der Bauern zu Lehen 1513, der etwas anders lautete, bei seiner Erzählung vom Bundschuh 1502 citiert, ohne dies zu erwähnen. Janssen, Geschichte II, 403.

nicht länger als 24 Stunden nach errungenem Siege an einem Orte verweilen durften, sondern zu immer weiteren Unternehmungen aufbrechen, bis sie alles ihrer Verschwörung unterworfen hätten.

8. Sie setzten so grosses Vertrauen auf ihr Vorhaben, weil sie schon für ganz sicher hielten, dass, wenn sie erst einmal zum Kriegszuge zusammengekommen wären, niemand von den gemeinen Leuten ihnen widerstehen, sondern alle Bauern aus Liebe zur Freiheit freiwillig, nicht gezwungen in ihre Gemeinschaft kommen würden[1]).

9. war unter ihnen beschlossen worden, am Freitag, dem Vorabend des Georgentages, [Freitag, den 22. April] insgesamt zusammen zu kommen und am folgenden Morgen in aller Frühe die Stadt Bruchsal mit gewaffneter Hand zu nehmen.

10. war ihr Vornehmen gegen die Klöster, Bischofs- und Stiftskirchen und den ganzen Clerus gerichtet. Diese hatten sie beschlossen, sowohl aller Güter zu berauben und ihre Herrschaft zu unterdrücken, als auch beabsichtigten sie, Zins und Zehnten weder den Geistlichen, noch den Fürsten, noch den Herren zu geben.

11. war beschlossen worden, sich durch Krieg und mit Waffengewalt jedwede Freiheit zu verschaffen und darauf niemandes Herrschaft zu dulden, den Fürsten keinen Zins zu geben, noch Zehnten, noch Steuern, noch Zoll oder irgend etwas Anderes, sondern man wollte von aller Last der Abgaben gänzlich frei sein.

12. sollte Jagd, Fischerei, Weide, Wald und alles, was dem Privatgebrauch der Fürsten zu dienen pflegte, der Gesamtheit zurückgegeben werden, so dass es jedem Bauer frei

---

1) Die Aussage bei Janssen, Frankfurts Reichscorr. II, 2 S. 667: „Item wan gesprochen wurdt: „woll uff", welcher dan nit uff will sin, dem soll man sin halss abschniden ader stechen," scheint mir damit keineswegs in Widerspruch zu stehen; da man dieses sehr wohl auf diejenigen Leute beziehen kann, welche erst in den Bundschuh geschworen, dann aber, als es zur That kommen sollte, aus Feigheit zurückbleiben wollten.

stände, zu jagen und zu fischen, wann und wo er wollte, ohne Hinderung der Verbote irgend jemandes.

13. beschlossen sie in starker Schaar vorzurücken, zuerst gegen die Markgrafschaft Baden, dann gegen den Bischof von Speyer, gegen die Mönche und die ganze Geistlichkeit rings umher. Und wer ihnen Widerstand leistete, sollte ohne Erbarmen getötet werden, gleichsam als ob er der Gerechtigkeit Gottes zuwider, ungehorsam und aufrührerisch wäre.

14. hatten sie auch einen Anschlag auf die Stadt Speyer gemacht, um dieselbe mit Gewalt einzunehmen und nicht allein allen Geistlichen, sondern auch den Weltlichen, welche sie aus der Bürgerschaft am reichsten und vermögendsten schätzten, das Ihre zu nehmen.

Überblicken wir nun diese Urgichten, so finden wir, dass denselben eine sachgemässe Anordnung vollkommen fehlt. Doch kann dies nicht überraschen, da wir ja, wie bereits erwähnt, nicht ein ausgearbeitetes Programm vor uns haben, sondern nur die Aussagen einzelner gefangener Angehöriger der Verschwörung, der besseren Übersicht wegen in Artikel zusammengestellt. Daher müssen wir auch die mannigfachen Wiederholungen entschuldigen.

Schauen wir nun auf den Hauptinhalt der Forderungen, so ist er etwa folgender: Streben nach unbedingter Freiheit, Vernichtung aller Obrigkeit und Herrschaft, Einziehung der Kirchengüter und Verteilung unter die Masse der Verschworenen, Verringerung der Zahl der Geistlichen, Befreiung von allen Abgaben und Zehnten an die Kirche und die weltlichen Grossen, Aufhebung aller Sondervorrechte des Adels in Bezug auf Jagd, Fischerei, Weide, Wald. Alles dies wollten sie mit gewaffneter Hand zu erlangen suchen und alle, die sich ihnen widersetzten, ohne Erbarmen töten. Diese Forderungen enthalten allerdings manches Absurde; man kann sich nicht recht vorstellen, wie sich die Bauern das Bestehen eines Staates ohne jede Obrigkeit dachten; auch die communistische Idee von der Verteilung der geistlichen Güter unter die Verschworenen, und besonders der Inhalt des 14. Artikels geben sich als der Auswuchs erhitzter, unbesonnener Leidenschaft zu erkennen. Doch müssen wir auch hier wieder bedenken, dass wir nur Aussagen einzelner Bauern und nicht einmal des Hauptträdelsführers — denn dieser war entkommen — vor uns haben, und dass wohl die meisten von diesen ihre persönlichen Ansichten von der Sache angegeben haben werden. Jedenfalls lässt die Organisation des Bundschuhes schliessen, dass auch tiefer blickende Leute demselben angehört und ihre Meinung zur Geltung gebracht haben. Das Anknüpfen von Verbindungen sowohl mit den Einwohnern von Bruchsal, als auch mit den Schweizern, das Bestreben, in erster Linie eine befestigte Stadt zu erobern, damit man wenigstens einen Stützpunkt für die ferneren Unternehmungen hätte, die Verwendung wenigstens eines Teiles der Kriegsbeute zur Vervollständigung der Kriegsausrüstung, vor allem aber die Bestimmung, nicht länger als 24 Stunden nach errungenem Siege an einem Orte zu verweilen, sind hinreichende Anzeichen davon. Auch das religiöse Beiwerk, die täglichen Gebete, die Wahl der Jungfrau Maria und des St. Johannes als Schutzpatrone, die Aufschrift der Fahne: „Nichts dann die Gerechtigkeit Gottes", was alles besonders auf das Gemüt des gemeinen Mannes einwirken sollte, lassen dies schliessen.

Der Inhalt der Forderungen ist keineswegs neu, denn schon im Jahre 1493 hatten die Elsasser Bauern Ähnliches verlangt, wie denn überhaupt diese Bewegung auch sonst manches der Speyerer Analoge bietet, so dass man wirklich auf den Gedanken kommen kann, der Bundschuh im Bistum Speyer sei gleichsam die Fortsetzung des Elsasser, welche die beiden hingerichteten Häupter desselben Hans Ulman, Bürgermeister zu Schlettstadt, und Claus Zigler vorahnend in Aussicht gestellt hatten[1]). Hier finden sich schon die For-

---

1) Chronik von Maternus Berler im Code historique et diplomatique de la ville de Strasbourg 1, 105. Hans Ulman burgermeister ward gefierteilt zu Basel dahyn er geflohen was, und Claus Zigler zu Schlettstadt. Man sagt, dass diese beidt an yren letstenn enden hatten geschrochen der bundtschu miest ein furgang haben, es stundt lang oder kurtz.

Über den Bundschuh vgl. ausserdem Hertzog, Edelsasser Chronik S. 162.

derungen Zoll, Ungelt und andere Beschwerungen abzustellen, Steuer nur nach Belieben zu zahlen, auch hier das Vorgehen gegen den weltlichen Besitz der Geistlichen, welchen sie höchstens eine Pfründe von 50–60 Gulden lassen wollten, sowie die Bestimmung, die Klöster abzuschaffen und den herrenlos gewordenen Besitz der Geistlichkeit unter sich zu teilen. Auch die Elsasser Bauern hatten als Bundeszeichen eine Fahne mit einem Bundschuh führen wollen, auch sie hatten Verbindungen mit den Eidgenossen anzuknüpfen gesucht, und schliesslich hatten sie, wie die Speyerer Bauern Bruchsal, das feste Schlettstadt, mit dessen Bürgern auch sie im Einverständnis waren, einzunehmen beschlossen.

Doch kehren wir nun zum weiteren Verlauf unseres Bundschuhes zurück. Aufs festeste waren im tiefsten Geheimnis die Fäden der Verschwörung überall angeknüpft, niemand von den bedrohten Bewohnern des Bistums Speyer ahnte die Gefahr. Sogar der Tag zum Losbrechen war, wie im 9. Artikel erwähnt, auf Sonnabend, den 23. April, festgesetzt; doch war derselbe dann, da die Bundesfahne noch nicht fertig gestellt war, bis auf Pfingsten [15. Mai] verschoben worden[1]. Da regte sich das Gewissen eines armen Mannes, Lux Rapp mit Namen, aus der Markgrafschaft Baden gebürtig, welcher auch zu dem Bundschuh geschworen hatte[2]. In der Woche vom 3.—9. April kam er nach Udenheim und entdeckte dem Bischof Ludwig und dessen Hofmeister Hartmann Fuchs von Dornheim die Verschwörung des Bundschuhes. Anfangs glaubte man ihm nicht, sondern hielt die ganze Sache für erfunden. Nach einigen Tagen aber kam Lux Rapp wieder mit der Bitte, seine Warnung doch ja nicht zu verachten und nannte sogar den Namen eines der Hauptleute, nämlich den Josz Fritzens von Untergrombach. Zu gleicher Zeit kam auch noch von anderer Seite eine ähnliche Warnung. Der Bauer Michel von Neudorf kam nämlich zu seinem

---

[1] Janssen, Frankfurts Reichscorrespondenz II, 2. S. 667. Auch hier ist wieder zu erkennen, wie grossen Wert die Bauern auf eine Bundesfahne legten.

[2] Brentz bei Mone, Archiv II, 165 f. und Simonis S. 189.

Freunde, dem Bürger von Udenheim Teobalt, und versuchte diesen ebenfalls für die Verschwörung zu gewinnen, indem er ihm noch mehrere der Teilnehmer nannte und besonders auch den Anschlag auf das Schloss von Obergrombach verriet. Teobalt aber liess sich nicht überreden, sondern übersandte die Nachricht sofort an den Amtmann im Bruchrain Peter Nagel von Dirmstein, welcher es sofort an den Bischof Ludwig weiter berichtete. Um dieselbe Zeit schrieben auch der Bischof von Strassburg und der Markgraf von Baden, welche ebenfalls von Lux Rapp die Nachricht erhalten hatten, an den Bischof Ludwig und warnten ihn¹).

Dem Bischof kam die Angelegenheit nun doch bedenklicher vor, und er gab den Befehl, Josz Fritz von Untergrombach, sowie die beiden Schlossknechte von Obergrombach zu verhaften. Doch misslang dies. Dem einen der gefangenen Schlossknechte nämlich, Bernhard mit Namen, gelang es, zu entfliehen, und er warnte Josz Fritz, so dass dieser auch Gelegenheit fand, zu entkommen. Allmählich wurden auch an anderen Orten Anhänger des Bundschuhes gefänglich eingezogen, und auf der Folterbank bekannten sie den ganzen Anschlag.

Bischof Ludwig meldete nun sofort an Ludwig, den ältesten Sohn des Kurfürsten Philipp von der Pfalz, da letzterer in dieser Zeit in Bayern war, die Entdeckung²) und erliess auch eine Warnung an die Stadt Speyer, sowie an die benachbarten Fürsten und Herren. Zugleich wurde auch das Ergebnis des Verhörs an den Kaiser übersandt, welcher dadurch aufs heftigste erregt wurde.³) Mit den strengsten Strafen befahl er gegen die, welche schuldig erfunden wurden, vorzugehen, damit ein warnendes Beispiel aufgestellt würde und andere von ähnlichem Vornehmen abgeschreckt würden. Alle, welche zu dem Bundschuh geschworen hatten, sollten,

---

1) Lux Rapp erhielt als Belohnung von Ludwigs Nachfolger, Bischof Philipp, eine Stuhlbrüderpfründe zu Speyer. (Nachtrag von 2. Hand in Brentzens Bericht). Von Bischof Ludwig hatte er schon jährlich 4 Gulden Bonte und ein Hofkleid. (Remling, Geschichte II, 205. Anm.)
2) Brentz a. a. O.
3) Trithem S. 591.

falls sie 16 Jahre alt waren und aus· freiem Willen den Schwur geleistet hatten, hingerichtet werden, ebenso die, welche anderen den Eid abgenommen, sowie die, welche überhaupt dem Bundschuh Rat und Vorschub geleistet hätten. Und zwar sollten sie lebend geviertoilt und ihre Habe confisciert werden. Und zu noch grösserem Schrecken für die übrigen sollten auch ihre Kinder aus dem Lande verbannt werden. Die Hauptleute aber und Urheber der Verschwörung sollten vorher noch an die Schwänze von Pferden gebunden und so zum Richtplatze geschleift werden. Für die Übrigen bestimmte er je nach der Grösse ihres Verbrechens noch besondere Strafen. Doch haben dieselben mit dieser Strenge wohl kaum zur Ausführung gebracht werden können, denn es würde dadurch ja eine Verödung im Bistum eingetreten sein, da in manchen Ortschaften fast die ganze Gemeinde in den Bundschuh geschworen hatte. Doch erschien es auch keineswegs ratsam, die, welche gefänglich eingezogen waren, straflos davon kommen zu lassen, denn dies hätte nur zur Stärkung und Kräftigung ihres leichtfertigen Anhanges und zur Schwächung der obrigkeitlichen Autorität gedient. Darum schrieben auch am 10. Juni 1502 [1]) die auf dem Tage zu Schlettstadt versammelten Botschaften des Königs, der Fürsten, Herren und Städte an den Bischof Ludwig, er solle alle die, welche er des Bundschuhes wegen im Gefängnis habe, keineswegs ungestraft entkommen lassen, sondern sie, ob sich ihr böser Wille öffentlich erfunden habe, oder nicht, ihrem Vergehen gemäss bestrafen.

Die Gefangenen wurden denn auch zu Bruchsal, Udenheim, Müngoltzheim vor Gericht gestellt, und etliche von ihnen enthauptet und geviertoilt und an den Strassen aufgehängt, andere der Finger beraubt und des Landes verwiesen, noch andere an Leib und Gliedern geschont und an ihrem Vermögen gestraft, je nach der Schwere von jedes einzelnen Vergehen, und ob er gezwungen oder freiwillig zu dem Bundschuh geschworen hatte. Es wurden 10 mit dem Tode

---

1) Mossmann, Cartulaire p. 396.

bestraft, drei aus dem Lande gewiesen und viele an ihrem Vermögen gestraft, so dass im ganzen etwa 100 als schuldig erfunden wurden.¹) Wir können schon aus dieser geringen Zahl der Bestraften entnehmen, dass die Nachforschungen nicht allzu eifrig betrieben worden sind, und dass man vielen Gelegenheit gegeben hatte, sich durch heimliche Flucht der Strafe zu entziehen. Besonders viele aus den Dörfern Jöhlingen, Ober- und Untergrombach waren auf diese Weise entflohen, darunter manche, welche sich nur aus Einfalt und Unwissenheit zu der Verschwörung hatten verleiten lassen. Ihre Angehörigen wandten sich nun am 2. September an das Speyerer Domcapitel mit der Bitte, bei dem Bischof dahin zu wirken, dass diesen, weil ihre Güter unbebaut und ihre Kinder verwaiset und ohne Erziehung wären, Amnestie erteilt würde. Diese gewährte der Bischof denn auch, als er am 8. September, dem Tage der Domweihe, nach Speyer kam, und die Entflohenen kehrten zu ihren Angehörigen zurück.²)

Um aber trotz der Entdeckung ein Ausbrechen der Verschwörung zu verhindern, wurden sogleich die umfassendsten Vorsichtsmassregeln getroffen. Schon am 29. April beschlossen die Abgesandten des Königs, des Bischofs von Strassburg, des Kurfürsten von der Pfalz, des Grafen von Hanau und Bitsch, sowie der Städte Strassburg, Hagenau, Colmar, Schlettstadt, Weissenburg, Ober-Ehnheim, Kaisersberg, Münster, Dürckheim, Rosheim folgendes:³) Alle Herren und Städte sollten in ihren Gebieten und Herrschaften Befehl geben, sich mit Amtleuten, Proviant, Geschütz, Pförtnern, Wächtern und anderen notdürftigen Dingen sofort zu versehen. Ferner sollten sie ihren Amtleuten und Unterthanen den ganzen Handel entdecken und ihnen gebieten, sich gerüstet zu halten und, falls es notwendig wäre, ohne Verzug auf mündliche oder schriftliche Verkündigung oder Anzeige

---

1) Brentz a. a. O. S. 167 f.
2) Simonis S. 188.
3) Janssen, Frankfurts Reichscorr. II. 2. S. 667.

durch Sturmläuten einander zu Hilfe zu eilen und sich dessen in keinem Falle zu weigern.

Auf einem andern Tage zu Schlettstadt, am 10. Juni 1502, wurde dann aufs genaueste bestimmt, in welcher Weise die gegenseitige Hilfeleistung geschehen sollte,[1]) nämlich wenn sich ein Aufruhr im Sundgau oder anderen Gegenden von dem Blauen Berg bis an den Landgraben herab und auch oberhalb dieses Bezirks erhöbe, so sollte dies unverzüglich durch den Landvogt zu Ensisheim allen in diesem Bezirk Wohnenden gemeldet werden und weiter durch die Stadt Colmar dem Bischof und der Stadt Strassburg und allen dazwischen Liegenden, vom Strassburger Bischof der Herrschaft Lichtenberg, dem Unterlandvogt im Elsass und der Stadt Hagenau und von diesen wieder der Stadt Weissenburg. Für den Fall, dass ein Aufruhr unterhalb des erwähnten Bezirkes entstände, so sollte durch die Stadt Colmar dem Landvogt zu Ensisheim, dem Herren von Rappoltzstein, den Amtleuten zu Rufach, Cünszheim, Richenweiler und Sanntpult, auch den Städten Mühlhausen, Kaisersberg, Münster und Dürckheim, sowie dem Bischof von Strassburg und von diesem wieder in derselben Weise, wie oben geschrieben, weiter. In ähnlicher Weise sollte auch die Meldung stattfinden, falls sich etwa an 2 Orten zugleich oberhalb und unterhalb des Landgrabens Empörungen zeigten.

Auf dem ersten Schlettstadter Tage war ferner der Beschluss gefasst worden, alle Lands- und Bauersknechte, welche im Land umherliefen und keinen Herrn oder Dienst hätten, und andere, die keinen festen Wohnsitz hätten, sondern im Freien zu campieren pflegten, nach ihrer Heimath zu weisen und nicht wieder aufzunehmen, ebenso auch die jungen und kräftigen Bettler, welche wohl arbeiten könnten. Ferner sollte man Beamte im Lande umherstreifen lassen, welche darauf sehen sollten, dass das Land in Frieden bliebe, und welche

---

1) Mossmann. Cartulaire p. 395.
Auch der schwäbische Bund hatte schon vorher Vorkehrungen gegen etwaige Empörungen des gemeinen Mannes getroffen am 10. April 1502 Klüpfel. Urkunden I. 463 f.

alle verdächtigen Leute verhaften sollten. Ferner sollte für alle Wirte und Gasthalter eine bestimmte Stunde festgesetzt werden, nach welcher sie nicht mehr Getränke einschenken und Kartenspiel dulden durften. Auch sollten alle Unterthanen eidlich verpflichtet werden, niemals ohne Urlaub, Wissen und Wollen der Obrigkeiten auf Reisen oder in den Krieg zu ziehen. Wer dagegen ungehorsam wäre, sollte wegen Meineides bestraft werden.

Diese Beschlüsse sollten die Vertreter der einzelnen Städte unverzüglich nach Hause berichten und innerhalb von 6 Tagen dem Bischof von Strassburg Antwort zuschicken, ebenso sollte auch den zufällig nicht geladenen Herren Mitteilung gemacht werden.

Am 30. Mai wurde sodann auf Befehl des Königs Maximilian in Heidelberg eine Versammlung mehrerer Fürsten mit dem Pfalzgrafen Philipp abgehalten und hier ebenfalls Vorkehrungen gegen etwaige Empörungen der Bauern getroffen [1]).

Am 24. Juni sogar noch auf dem Bundestage zu Ulm liess Max, obgleich von einer bewaffneten Erhebung der Bauernschaft nach der Entdeckung des Bundschuhes nichts bemerkt war, bei dem schwäbischen Bund anfragen, ob derselbe wohl geneigt wäre, falls sich etwas begeben sollte, ihm Hilfe zu leisten. Diese wurde ihm auch zugesagt[2]).

Doch zeigte sich keine Spur von Erhebungen; der Hauprädelsführer und Anstifter der ganzen Verschwörung Josz Fritz war entkommen. Den Fürsten, Herren und Städten war es für diesmal gelungen, die Freiheitsgelüste der Bauernschaft zu unterdrücken und diese in noch schlimmere Knechtschaft herabzudrücken.

Die Gedanken unseres Bundschuhes waren aber keineswegs ausgerottet[3]). Josz Fritz hatte sich zunächst wahr-

---

1) Trithem S.. 591.
2) Klüpfel, S. 469.
3) Mit der Erhebung der Gotteshausleute von Ochsenhausen, welche etwas später, im Sommer 1502. zum Ausbruch kam, lässt sich ein Zusammenhang unseres Bundschuhes nicht nachweisen. Dieselbe war localer

scheinlich nach dem Schwarzwald geflüchtet[1]) und dann in dem Dorfe Lehen bei Freiburg niedergelassen[2]). Hier suchte er bald wieder einen Bundschuh anzuregen, der naturgemäss mit dem Speyerer grosse Ähnlichkeit, sowohl in den Forderungen, als auch in der geplanten Ausführung besass[3]). Doch sind die Forderungen hier meistens klarer und durchdachter, wohl weil man die Unmöglichkeit, die Speyerer Forderungen durchzuführen, eingesehen hatte. Herren und Obrigkeiten wollten die Lehener Bauern ebenfalls beseitigen, jedoch die beiden höchsten Gewalten, Kaiser und Pabst, bestehen lassen, wohl nur aus dem Grunde, dass nicht völlige Anarchie einreissen sollte. Die Einkünfte der Priester sollten beschränkt werden, jeder sollte nur eine Pfründe haben. Die so gewonnenen Einkünfte sollten dann ganz zur Fortsetzung des Krieges benutzt werden[4]). Freilich zeigen andere Forderungen noch ganz den Standpunkt von 1502, z. B. die, dass Holz, Wasser und alles Gewild frei sein sollte.

Deutlicher noch zeigt sich der Zusammenhang mit dem Speyerer Aufstande in der Organisation des Bundschuhes. Überallhin entsandte Josz Fritz seine Emissäre, welche das Bauernvolk gewinnen sollten; auch scheinen Verbindungen mit den Schweizern angeknüpft zu sein[5]). Die Fahne, welche

---

Natur, hervorgerufen durch die verschiedenartigsten Bedrückungen, seitens des Reichsstiftes Ochsenhausen. vgl. Gottlob Egelhaaf, Analekten zur Geschichte Stuttgart 1886. S. 212—260.

1) Schreiber S. 49.
2) Schreiber S. 45.
3) vgl. darüber Schreiber, wo besonders die Beilagen wertvoll sind, und Pamphilus Gengenbach, her. v. Karl Goedeke. S. 23 ff. S. 386 ff. S. 392 ff. S. 546 ff., sowie den in Verse gebrachten Bericht von Gengenbach bei R. v. Liliencron, die historischen Volkslieder der Deutschen vom 13.—16. Jahrh. III, 133 ff.
4) Pamphilus Gengenbach S. 395.
    Das übrig solt dann also rein
    Dem pundtschuh werden in gemain,
    Damit geschaffenn ir gefiege
    und bruchen zu des buntschuchs kriege.
5) Pamphilus Gengenbach S. 390.
    Auch mainten sie in irem punt ze haben
    die eidtgnossschaft mit manchem wilden knabenn.

sie nach vielen Bemühungen endlich erlangt hatten, zeigte den Bundschuh und über demselben ein Crucifix, sowie die Jungfrau Maria und St. Johannes, welche ja auch schon die Schutzpatrone der Speyerer Verschwörung gewesen waren. Das Erkennungszeichen zeigt grosse Ähnlichkeit mit dem in Speyer gehabten, ja nach der Aussage eines der Verschworenen zu Lehen, Jacob Huser[1]), sei derselbe Spruch, der früher in den niederen Landen gebraucht worden sei, von Josz Fritz und anderen vorgeschlagen worden. Doch sei derselbe noch nicht endgiltig angenommen worden. Auch hier finden wir das Bestreben, eine feste Stadt einzunehmen, und zwar Freiburg. Auch hier war in gleicher Weise beschlossen worden, alle, welche sich wider ihr Vornehmen setzten, tot zu schlagen[2]). Schliesslich kann das vielleicht noch als Parallele mit dem Speyerer Bundschuh angesehen werden, dass auch hier die Verschwörung entdeckt wurde, ehe sie zum Ausbruch kam, und dass es hier ebenfalls dem Hauptredelsführer Josz Fritz zu entkommen gelang.

Lange Zeit hören wir von Josz Fritz nichts mehr, nur im Jahre 1517 wird erwähnt, dass er sich zu Zurzach, auf schweizerischem Gebiet dicht an der badischen Grenze gelegen, aufhalte[3]). Sein rastloser Geist liess sich aber selbst durch das zweimal fehlgeschlagene Unternehmen nicht abschrecken, neue Bauernempörungen anzuzetteln. Und so war er denn auch bei der Vorbereitung des grossen Bauernkrieges im Hegau, schon ergraut vor Alter, als einer der ersten thätig und liess sich dort vernehmen, „er könne und möge nit sterben, der Bundschuh habe denn zuvor seinen Fortgang erlangt[4]).“

---

1) Schreiber, S. 85.
2) Pamph. Gengenbach S. 29.
3) Schreiber S. 121.
4) Mone, Quellensammlung der badischen Landesgeschichte Bd. II. Karlsruhe 1854. S. 17.

Excurs.

Der Bericht von Linturius[1]) zum Jahre 1502.

Eine eigentümliche, sonst nirgends erwähnte Nachricht giebt Linturius zum Jahre 1502 über eine Bewegung in den Rheinlanden, welche sich hauptsächlich gegen die reicheren Geistlichen richtete.

Es dürfte wohl der Mühe wert sein, zu untersuchen, ob sich diese Nachricht etwa auf unseren Bundschuh beziehen könne.

Mir scheint dies aber höchst unwahrscheinlich und zwar aus folgenden Gründen:

Die überhaupt sehr allgemein gehaltene Nachricht ist nämlich mit den über unseren Bundschuh fest stehenden Thatsachen keineswegs in Einklang zu bringen. Linturius berichtet nämlich, dass die Verbindung am Rhein viele sehr reiche Geistliche mit Gewalt beraubt und ihre Güter unter die ärmeren Geistlichen verteilt habe. Dies ist also eine bereits geschehene Thatsache. Nun ist aber erwiesen, dass der Bundschuh im Bistum Speyer entdeckt wurde, noch ehe die Empörung zum Ausbruche gekommen, und ehe eine Gewaltthat vollbracht war; es ist also die Nachricht des Linturius den sonst bekannten Thatsachen wenigstens in diesem Punkte widersprechend.

Freilich das Vorgehen gegen die Geistlichen und ihre Besitzungen und Anklänge an den communistischen Grundsatz „alle Güter müssten in gleicher Weise verteilt werden"

---

1) Appendix ad fasciculum temporum Werneri Rolewinck autore Joanne Linturio bei Pistorius et Struve, SS. rer. Germ. II., 599. Eodem anno oritur nova secta et plurimorum confoederatio in partibus Rheni, qui propria autoritate et vi multos spoliaverunt sacerdotes ditissimos; dividentes haec bona inter pauperes sacerdotes, quia dicebant, omnia bona debere dividi aequaliter, volentes corrigere et occidere sacerdotes et nobi. litares. Sed excommunicantur, subjugantur, cremantur ut haeretici, et occiduntur alias multi: quorum capitaneus supremus dictus Joannes vom drath, nobilitaris, habens plurima millia suae sectae more Bohemorum.

finden sich auch die über unseren Bundschuh erhaltenen Urgichten, z. B. in dem 6 Artikel, wo von der Beraubung der Geistlichkeit und Teilung ihrer Güter die Rede ist und in dem 12. Artikel, wo die Aufhebung aller Sondervorrechte der Fürsten und die freie Benutzung von Jagd, Fischerei, Weide, Wald gefordert wird. Nirgends aber findet sich unter den Artikeln der Bauern eine Spur davon, die geraubten Güter unter die ärmeren Geistlichen zu verteilen.

Zugeben müssen wir aber doch, dass der Nachricht des Linturius wohl ein Gedanke zu Grunde liegen kann, welcher sich auch in dem Programm unseres Bundschuhes findet. Aber es liegt mir auch fern dies irgendwie in Abrede stellen zu wollen; wohl aber ist auch zu erkennen, dass die Nachricht des Linturius so, wie sie gegeben, nicht haltbar ist.

Wir kommen nun zur Untersuchung des zweiten Teiles der Nachricht des Linturius, nämlich der Beteiligung des Ritters Johannes vom Drath[1]).

Auch diese scheint mir in hohem Grade unwahrscheinlich. In keiner erzählenden zeitgenössischen oder späteren Quelle, in keiner der uns erhaltenen Urkunden über Hans von Trotha findet sich eine Andeutung davon. Und wenn auch nur das geringste davon bekannt geworden wäre, so würde dies von den zahlreichen Gegnern Hansens wohl ausgebeutet worden sein. Es muss dies allerdings schon befremdlich erscheinen, doch ist es freilich kein schlagender Beweis.

Es finden sich aber auch eine Anzahl anderer Gründe, welche seine Beteiligung höchst unglaubwürdig erscheinen lassen. Hans von Trotha war allerdings vom Papste im Jahre 1496 wegen vielfacher Übergriffe, die er sich gegen die Abtei Weissenburg erlaubt hatte, gebannt worden[2]) und blieb auch höchst wahrscheinlich bis an sein Lebensende (er starb im Oct. 1503) in demselben. Jedenfalls aber steht so viel fest, dass er sich zu der Zeit, wo die Verschwörung

---

1) Über sein Leben vgl. Thilo von Trotha, Vorstudien zur Geschichte des Geschlechtes von Trotha. S. 61 ff.
2) Trithem S. 542.

entstand, noch im Banne befand. Es sind dafür zwei Belege vorhanden. Am 24.- 25. Juni 1501 nämlich wurde über Nürnberg das Interdict verhängt, weil Hans von Drat dort aufgenommen war, „wann er was im pann, het die cloester zustört und die münch ausgestossen und das ir genummen¹). Sodann ward auf dem Bundestage von Zürich am 10. März 1502²) den Boten der eidgenössischen Orte aufgetragen, zu Hause anzufragen und auf dem Tage zu Zug zu antworten³), „ob man dem Hans von Trat, Ritter, die verlangte Fürdernisz an den Papst wider den Abt von Weissenberg im Speyerer Bistum geben wolle oder nicht." Diese verlangte Fürdernisz kann sich wohl kaum auf etwas anderes beziehen, als die Lösung vom Bann.

Gegen Hans von Trotha war sogar auch die Reichsacht am 27. April 1496 verhängt worden⁴) wegen der an der Abtei Weissenburg verübten Frevel, und ein Jahr darauf dieselbe wegen ähnlicher Vergehen gegen die Stadt Weissenburg wiederholt worden. Doch scheint dieselbe nicht lange in Kraft geblieben zu sein, denn im Jahre 1500 auf dem Reichstage zu Augsburg sucht der Kaiser einen gütlichen Ausgleich zwischen Hans von Trotha und der Abtei Weissenburg zu stande zu bringen, und mit einem Geächteten würde er dies wohl kaum gethan haben. Freilich ist über eine Aufhebung der Acht nichts bekannt, und es ist möglicher Weise auch nur ein Zeichen von der damaligen Schwäche der Reichsgewalt, dass sie, nicht im stande, die Acht zu vollstrecken, sich sogar mit dem Geächteten auf Unterhandlungen einlassen musste. Doch selbst, wenn dies der Fall war, so hatte die Verhängung der Acht für Hans von Trotha

[1] Heinrich Deichslers Chronik in C. Hegel, die Chroniken der deutschen Städte: Nürnberg Bd. V, 639.
[2] Segesser, Eidgen. Abschiede III, 2. 160 f.
[3] was aber nachher nicht geschah; wenigstens ist in dem Abschiede des Tages von Zug am 21. März (Segesser III, 2. 162) nichts darüber zu finden.
[4] Die darauf bezügliche Urkunde ist gedruckt in Stöber, Alsatia. Jahrgg. 1853. S. 147 ff. und J. Kindler von Knobloch, Hans Trapp. Ein Beitrag zur Geschichte der Familie von Trotha. Strassburg 1882. S. 13 ff.

wohl keine Bedeutung, und es ist also nicht anzunehmen, dass er dadurch bewogen sein könne, auf die Seite der aufrührerischen Bauern gegen die Gewalthaber zu treten. Aber auch der Bann scheint nicht allzu schwer auf ihm gelastet zu haben, wenigstens fuhr er in seinen Bedrückungen gegen die Abtei in gleicher, ja noch schlimmerer Weise fort[1]), und es scheint mir ebenfalls höchst unwahrscheinlich, dass er hierdurch bewogen, die Partei der Empörer ergriffen haben könne.

Es giebt aber auch noch mehr Gründe, welche gegen eine Teilnahme Hansens an dem Bundschuh sprechen. Wir haben nämlich die höchst glaubwürdige Aussage[2]), dass keiner vom Adel, welcher eigene Leute habe, im Bunde sei. Nun war aber Hans von Trotha sowohl vom Adel, als auch hatte er, der sehr vermögend war, ausgedehnte Besitzungen, und zwar nicht nur die ihm von der Abtei Weissenburg bestrittenen, sondern auch mehrere andere von ihm gekaufte[3]), auf welchen er wohl viele eigene Leute hatte.

Die Empörung der Bauern richtete sich in erster Linie gegen die Geistlichen und besonders gegen den Bischof von Speyer, sodann aber auch gegen die weltlichen Fürsten. Nun erfreute sich aber Hans von Trotha, trotzdem er gebannt und geächtet war, doch der grössten Gunst sowohl bei dem Kurfürsten Philipp von der Pfalz, dessen Marschall und oberster Befehlshaber er war,[4]) als auch bei dem Markgrafen von Baden.[5]) Der Kurfürst Philipp war aber aufs engste mit dem Bischofe von Speyer befreundet.[6]) Es ist nun wohl

---

1) Trithem S. 543 f.
2 Janssen, Frankfurts Reichscorr. II, 2. 666.
3) Kindler von Knobloch S. 10 u. 13.
4) Noch am 21. August 1501 giebt der Kurfürst seinem lieben und getreuen Hans von Dratt „umb einer getreuwen manigfaltigen Dienst willen uns bewiesen" 460 Gulden, die dieser von ihm entliehen hatte, sowie einen Böller, eine Steinbüchse, etliche Hakenbüchsen und Pulver, die er ihm ebenfalls nach Berwartstein geliehen, zum Geschenk. Thilo von Trotha. Beilage XV. S. 225.
5) Thilo von Trotha. Beilage XIV. S. 225.
6) Geissel S. 249. Remling, Gesch. S. 206.

nicht anzunehmen, dass sich Hans von Trotha in eine Verschwörung eingelassen habe, die sich gegen seine wohlwollendsten fürstlichen Gönner und deren Freunde richtete. Die Entstehung der Nachricht des Linturius ist vielleicht in folgender Weise zu erklären, denn eine absichtliche Fälschung, ist ihm, da er viele recht glaubwürdige Nachrichten hat, wohl nicht zuzutrauen. Linturius hatte von irgend einer Seite die Nachricht erhalten, dass sich in den Rheinlanden ein mächtiger Aufruhr erhoben hätte, welcher communistische Ideen zeigte, und dessen Spitze sich hauptsächlich gegen die Geistlichen, aber auch gegen den Adel richtete, dass diese Empörung aber unterdrückt und die Übelthäter aufs strengste bestraft worden seien. Sodann war ihm von anderer Seite die Mitteilung geworden, dass sich in derselben Gegend — auch Weissenburg gehörte zum Bistum Speyer — ein Herr vom Adel, Hans von Drath, die ärgsten Übergriffe gegen die Geistlichkeit erlaubt und viele mit Gewalt ihrer Pfründen beraubt hätte. Diese beiden, vielleicht recht allgemein gehaltenen Nachrichten scheint er irrtümlicher Weise verschmolzen und so seine Erzählung vom Jahre 1502 gebildet zu haben.

Vita.

Natus sum ego Richardus Herold a. d. III. Id. Maj. anni h. s. LXVI Crossenae, in urbe Brandenburgiae, patre Ernesto, matre Ottilia e gente Altmann. Fidei addictus sum evangelicae. Litterarum elementis primum in gymnasio proreali, quod est Crossenae, imbutus deinde per quinque annos gymnasii regii Ioachimici Berolinensis alumnus fui; unde mense Martio anni h. s. LXXXV cum maturitatis testimonio dimissus per octo semestria in studiis historicis, geographicis, philologicis versatus sum. Universitatis Berolinensis per tria semestria civis fui, per quinque semestria Gryphiswaldensis.

Scholis et exercitationibus interfui virorum celeberrimorum:

Berolini: Bresslau, Curtius, Fuchs, Hübner, Kiepert, Müller, Paulsen, von Treitschke, Vahlen, Wattenbach, Zeller.

Gryphiswaldiae: Bernheim, Credner, Deecke, Kiessling, Rehmke, Reifferscheid, Schmitt, Seeck, Ulmann.

Quibus viris optime de me meritis, praecipue vero Ulmanno, qui in hac dissertatione conscribenda me adiuvit, gratiam habebo quam maximam.

Thesen.

I. Die Mitschuld Kaiser Heinrichs VI. an der Ermordung des Bischofs Albert von Lüttich (24. XI. 1192) ist als erwiesen zu betrachten.

II. Der Bericht der Contin. Sanblasiana (SS. XX, 312) über einen Kriegsrat des Kaisers vor Ancona, als Rainald von Cöln von den Römern bei Tusculum bedrängt wurde, ist als unrichtig zu verwerfen.

III. Die Behauptung Peschels, dass Fjorde nur unter hohen Breiten vorkommen, lässt sich nicht halten.

IV. Es ist unzweckmässig, das Wandern der Dünen durch Anlage von Fangzäunen verhindern zu wollen.